라스트 엠브리오

Last Embryo 8 추상(追想)의 문제아

"예스. 밀렵꾼의
덫에 걸려서
이렇게
붙잡혀 있어."

'으으, 진짜!
싸움을
걸어온다고
쉽사리
받아 주는 게
아니었어!'

내 악운도
보통이
아니로군.

"뭐야,
또 왔냐,
너."

"나는…
모형정원의
도시를
사랑하고
있다."

라스트 엠브리오

8

타츠노코 타로 지음
모모코 일러스트

eXtreme novel

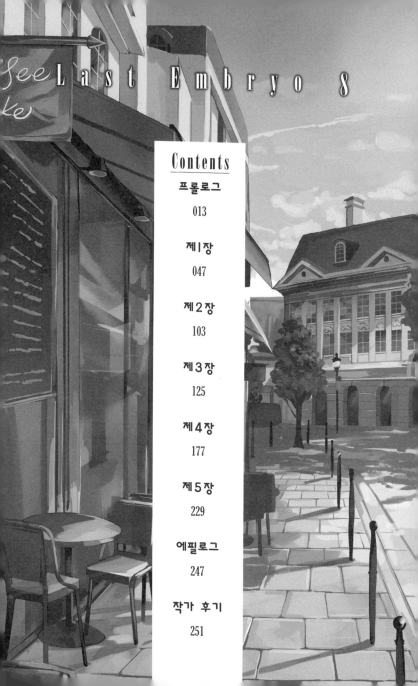

Last Embryo 8

Contents

프롤로그

시간을 조금 거슬러 올라가서.

이건 아직 참가자(플레이어)들이 아틀란티스 대륙에 상륙하기 이전의 이야기.

'…이런 오산이.

내가 잠든 동안에 자매인 반성령(半星靈)이 둘이나 눈을 뜨다니.'

아르주나의 그림자 뒤에 숨어서 모형정원의 정세를 캐던 괴물, '살인종의 왕'이라고 말하는 그 그림자는 아틀란티스 대륙에 상륙하기 전부터 조금씩 자아를 되찾고 있었다.

인드라의 혈통을 찾아서 아르주나의 육체에 숨어드는 것에 성공한 그림자지만, 항상 외부의 정보를 파악하는 건 아니다. 너무 눈에 띄게 활동하다가 존재를 들키면 숙주에게 쉽사리 배제되기 때문이다. 고로 살인종의 왕은 자기가 원하는 정보가 아르주나의 뇌리에 스친 때에만 바깥 정보를 입수할 수 있도록 손을 써 놓았다.

하지만 이번만큼은 그게 문제가 되었다고 할 수밖에 없었다.

일단은 다른 반성령들이 어떻게 되어 있는지 우선해서 정보를 모았는데, 그 두 가지 정보가 일찌감치 그녀를 화나게 했다.

이건 살인종의 왕이 잠든 동안에 눈 뜬 두 반성령, 푸른 불꽃의 악마 윌라 더 이그니파투스와 '제천대성' 손오공을 말한다.

처음에 살인종의 왕은 막내가 태어난 것에 환희하였지만, 두 사람의 사정을 알면 알수록 그 환희는 분노로 변하고, 슬픔으로 변하고, 끝없는 비분으로 변하였다.

'흥…. 어리석은 것도 정도가 있지!!!

한쪽은 호박 잡령을 아버지로 따르며 성인들에게 붙은 노예 계집!!!

한쪽은 천군(디바)과 일을 벌이면서도 잡룡이나 잡령을 가족으로 믿는 계집!!!

푸른 별의 성령으로의 기고함을 버리고 속세의 가치관에 물든 어리석은 놈들이 잘도 반성령을 칭하는구나!!!'

아르주나의 안에서 발을 구르며 비분을 내뱉던 살인종의 왕이지만, 그녀도 완전히 정신을 놓은 것은 아니다. 만약 진짜로 동생들에게 절망했다면, 그 변조는 아르주나를 통해 크리슈나에게도 전해졌을 것이다.

신나게 분노를 터뜨린 살인종의 왕은 자신의 분노를 억누르듯이 정보를 돌아보았다.

'…뭐… 적어도 천군과 전쟁을 벌인 '제천대성'에게는 싹수가 있군. 그리고 잘 조사해 보니 막내를 따르는 자들도 완전히 쭉정이는 아니야.'

종족의 장벽을 뛰어넘어서 가족을 이루려는 자… 이것은 즉 다양한 종족의 가치관을 허용하는 공동체를 목표로 한다는 해석도 가능하다.

혹시 그들이 이 전쟁에서 승리를 거두었다면, 모형정원은 지금과 또 다른 형태가 되었을 것이다.

'…'제천대성'이여. 너는 반성령인 동시에 원전(오리진) 후보자를 목표로 했나. 그것도 인간의 울타리만이 아니라 종족의 울타리마저 뛰어넘으려 하다니… 어리석구나. 인간은 인종의 장벽을 뛰어넘는 것에 만년의 시간을 들였음에도, 종족의 장벽을 뛰어넘는 것을 이상으로 삼지도 못하고 있다. 그런 이상을 계속 품고 몸을 불사른 너는… 정말로….'

…바보구나, 라고.

여태까지 이상의 비탄을 담아 살인종의 왕은 한숨을 쉬었다.

종족의 장벽을 넘어서 서로 마음을 전하려면 또 다시 천년이 필요하겠지. 파국분화를 뛰어넘을 수 있다면 그걸로 족하다고 생각하는 인간들로서는 도저히 이해할 수 없는 경지다.

하지만 '제천대성'의 이상은 나쁘지 않다.

자신을 사랑해 달라는 마음에서 나온 이상이었다고 해도 '인류를 살육한다' 이외에는 목적이 없던 살인종의 왕보다는 훨씬 구체적인 바람이라고 할 수 있을 터.

대지모신 가이아와 살인종의 왕의 가장 큰 차이가 이 바람의 차이였다. 대성의 바람이 진실로 흔들림 없는 것이라면, 푸른 별의 주권을 맡기는 것도 서슴지 않는다.

'그걸 위해선 일단 '제천대성'에 대해 깊이 알아야만 한다. 이 정령열차에는 녀석의 의형제들도 타고 있다. 다소 위험한 짓이지만, 녀석들의 복수심에 살짝 불을 붙여 줄까.'

음울하게 웃으면서 마음의 그림자를 뻗는 '살인종의 왕'.

그녀가 붙인 불은 순식간에 타올라서 '칠천전쟁(七天戰爭)'의 그림자를 그을렸다.

Last Embryo

정령열차 귀빈차량.

보라색 연기의 바 라운지.

태양의 주권전쟁 참가자들을 실은 정령열차에는 여러 종족
이나 관계자들이 타고 있었다. 운영 관계자나 출자자(스폰서)
들은 당연하고, 거금을 들여서 최고의 자리를 확보하려고 모인
수라신불도 적지 않다.

하지만 수라신불 중에는 서로 얼굴을 맞댔다간 싸움을 시작
하는 관객들도 당연히 있을 터.

보라색 연기가 자욱한 바 라운지에 자리를 잡고 앉은 안대를
한 남자 또한 그중 하나였다.

안대를 한 남자는 잔을 기울이면서 조용히 술의 수면을 바라
보고 있었다.

하지만 문득 차량 곳곳에서 흘러가는 오늘 게임의 하이라이
트로 시선을 옮겼다.

괴조들이 날아다니는 게임 속에서 특히나 눈에 띄는 활약을
한 소년을 노려보면서 안대를 한 남자, 복해대성 교류는 씁쓸
하게 술을 마셨다.

'…저 애송이가 인도 신군의 아르주나로, 인드라의 아들인
가. 반신반인 중에서도 손꼽히는 실력자라고 들었는데, 왠지
패기가 부족한 남자로군.'

퉁명스럽게 게임의 하이라이트를 노려보던 교류는 수행원으로 곁에 있는 여점원에게 술을 더 달라는 듯이 잔을 내밀었다.

'사우전드 아이즈'의 여점원은 한숨을 섞어 잔을 채우면서도 잔소리를 하였다.

"교류 님. 그렇게 눈썹을 찌푸리신 채로 술을 드시면 맛이 없지 않겠습니까?"

"뭐야, 술을 즐기는 법에 잔소리하는 것만큼 멋대가리 없는 짓도 없는데?"

"하지만 평소의 교류 님은 차 모임에서도, 술자리에서도, 조금 더 풍류를 즐기셨던 것으로 생각됩니다. 술맛도 모를 정도로 씁쓸한 얼굴을 하시면 옆에 있는 이도 마음이 답답해지는 법입니다."

수행원들에게도 배려를 해 달라는 뜻을 거리낌 없이 주장하는 여점원.

이 여점원, 사실은 **바로 그** 백야왕의 밑에 있었던 만큼 거침없이 잔소리를 해댄다.

교류는 쓴웃음을 지으면서 어깨를 으쓱였다. 평소의 그라면 조금 더 농담을 주고받았겠지만, 오늘은 그럴 기분이 들지 않았다.

'고금동서의 좋아하는 술을 마음껏 마실 수 있다!'

그런 광고 문구에 낚여서 여기까지 와 봤더니만, 설마 숙적의 아들이 활약하는 모습을 계속해서 구경하게 될 줄이야, 꿈에도 생각하지 않았다.

이럴 거면 자기 방에서 조용히 마시는 게 훨씬 낫다.

화풀이처럼 술이 남은 잔을 내려놓고 자리에서 일어섰을 때.

그가 잘 아는 두 기척이 교류의 뒤에서 다가왔다.

보라색 연기의 장막을 가르면서 다가온 두 기척에 교류는 순간적으로 긴장하였지만, 그것이 친한 이의 것임을 깨닫고 놀라면서 돌아보았다.

"뭐야…. 누군가 했더니만 대형과 가릉이잖아."

"그건 이쪽이 할 말이지요. 축제 자리의 구석에서 웅크리고 앉아 술을 마시다니, 둘째 오빠답지 않은 모습 아닙니까?"

"어이, 네가 그런 말을 하면 안 되지? 마찬가지로 뚱한 모습으로 구석에서 술이나 마신 건 가릉도 마찬가지 아닌가!"

가릉은 옆의 거한… 미후왕의 말에 입술을 삐죽거렸다.

세 사람은 친근한 분위기로 이야기하였지만, 그 자리에 있던 여점원은 식은땀을 흘렸다. 그들이 누구인지 안다면 누구든 재빨리 도망치고 싶은 충동에 사로잡힐 것이다.

그들 셋은 모두 '칠천대성', 혹은 '칠대마왕'이라고 불린 강자들.

'복해대성' 교마왕.

'혼천대성' 붕마왕.

'통풍대성' 미후왕.

유일하게 미후왕만은 현재 극동에서의 별명인 '주천동자'라는 이름을 쓰는 모양인데, 이것 또한 극동에서는 가장 유명한 요왕(妖王)의 이름이다.

그들 셋은 과거에 '칠천전쟁'이라 불리는, 모형정원에서 가장 유명한 전쟁을 일으킨 마왕으로 알려졌으며 여러 지역에서 이야기로 만들어졌다.

지금은 모형정원의 질서를 지키는 '계층지배자(플로어 마스터)'와 그 협력자로 자리를 잡았지만, 그들의 일화가 사라지는 일은 없다.

여점원은 긴장한 얼굴로 주천동자에게 말하였다.

"교류 님과 붕마왕 님이 정령열차에 초대받은 것은 알고 있었습니다만, 주천동자 님까지 오셨을 줄은 몰랐습니다. 이번에는 역시나 주최자로 참가하셨습니까?"

"음. 주권전쟁의 제2회전, 혹은 제3회전의 주최자는 우리 극동의 요괴가 도맡는다고 들었다. 아직 어떤 식으로 유희를 벌일지는 정하지 않았지만… 참가자도 관객도 지루하지 않게 할 생각이다."

의외로 선선히 대답하는 주천동자. 분명 기밀수호의무라도 있을 거라 생각했던 여점원은 눈을 동그랗게 뜨고 놀랐다.

하지만 그 옆에서 가룽이 관자놀이에 핏대를 세우고 주천동자를 노려보며.

"…오빠. 그 이야기는 외부에서 하면 안 됩니다. 기밀수호의무가 있습니다."

"어?!"

"뭐?!"

"진짜냐??!"

"당연합니다. 아니, 왜 둘째 오빠까지 놀랍니까?! 설마 누구한테 말한 건 아니겠지요?!"

한층 핏대를 세우며 소리치는 가릉.

교류는 슬쩍 시선을 돌려 다른 쪽을 보았다. 아무래도 찔리는 구석이 있는 모양이다.

추욱 어깨를 늘어뜨린 가릉은 짜증 내듯이 여점원을 노려보았다.

"…거기 여점원. 알고 있겠지만, 이 자리에서의 이야기는 발설하지 않도록 해. 혹시 입 밖에 내기라도 해 봐. 우리만이 아니라 네 진짜 주인의 얼굴에도 먹칠을 하는 꼴이 돼."

"아, 알겠습니다."

여점원은 마음을 다잡고 등을 꼿꼿이 폈다.

태양의 주권전쟁은 신들의 모형전쟁에서도 최고급의 기프트 게임이다. 그 정보가 새어 나간다면, 그녀의 진짜 주인인 백야차까지 체면이 망가질 것이다.

가릉도 그런 의미로 노려보았겠지만… 문득 떠오른 것처럼 의아한 표정을 하였다.

"…음? 그리고 보니 너는 남쪽에서 '사우전드 아이즈'의 분점 점장으로 임명받고 작은오빠의 수행원으로서의 임기를 마친 거 아니었나? 왜 여기에 있지?"

"그, 그게…."

여점원의 안색이 안 좋아졌다.

교류는 머쓱한 듯이 가릉을 끌어당겨서 작은 목소리로 속삭였다.

"어, 그거 말인데. 실은 '여섯 개의 상처'에 가게의 손님을 거의 빼앗긴 책임으로, 또 동쪽으로 돌아왔어. 지금은 나랑 같이 '정령열차'의 점포에 나와 있는 거지."

"어머나."

심술궂은 얼굴로 히죽 웃는 가릉.

즉 여점원에서 여점장, 그리고 여승무원이 되었다는 소리다.

여승무원은 놀림을 들을 각오를 하고, 입을 삐죽거리면서도 버텼다.

"부끄럽지만 두 여신의 포렴을 받을 정도의 기량이 제게 없었다는 뜻. 지금은 처음부터 다시 수행하기 위해 부끄러움을 무릅쓰고 '여섯 개의 상처'로부터 기술을 훔쳐 내는 중입니다."

"후후, 그건 기특한 마음가짐이야. 격하의 커뮤니티에게 부림을 당하는 건 굴욕적이기 짝이 없지만, 그것도 사회전쟁에서 진 자의 책무. 열심히 하층 커뮤니티에게 많은 것을 배워."

"어이어이, 너무 심하다, 가릉."

주천동자가 제지했지만, 가릉은 입가를 누르고 웃음을 숨기는 모습을 거두지 않았다.

교류는 기막히다는 듯이 웃으면서 테이블에 팔을 괴었다.

여기서는 여승무원을 돕기 위해, 가릉이 격하의 상대에게 얼마나 패했는가 하는 과거의 이야기를 꺼내려던 교류였지만,

그때 중계 중이던 게임이 환성에 휩싸였다.

[마지막 승자는 '퀸 핼러윈'으로 결정되었습니다! 여러분, 아낌없는 박수를 보내 주세요♪]

흑토끼가 박수를 치자, 연기 너머에서 짝짝짝 하고 박수 소리가 들렸다.

화면에는 사이고 호무라와 미카도 토쿠테루, 그리고 아르주나 등이 비치고 있었다.

주천동자는 턱수염을 쓰다듬으면서 감탄한 기색으로 껄껄 웃었다.

"오오, 저게 소문으로 듣던 제석천의 아들인가. 주권전쟁에 참가했다는 소문은 사실이었던 모양이로군. 그럼 녀석들이 '아바타라'인가 하는 커뮤니티인가?"

"…아니에요, 오빠. 저들은 '퀸 핼러윈'의 괴뢰입니다. '노 네

임' 관련자가 참가했다고 들었습니다."

"'노 네임'? …아하, 아지 다카하와의 싸움에서 활약했다는 애송이들인가! 그리고 보면 녀석들도 참가했다고 했지! 그거 기대되는군! 와하핫!"

호쾌하게 웃는 주천동자.

대조적으로 교류와 가릉의 표정은 복잡해 보였다.

방금 말했듯이 제석천과 칠천 사이에는 깊은 골이 있다. 게다가 칠천의 패배를 결정적으로 만든 원인이 바로 '호법십이천'이라고 불리는 무신중(武神衆)이다.

불문(佛門)에서 파견되어 온 그들의 조력으로 천제의 군대는 다시 일어섰고, 차례로 장수가 쓰러진 끝에 결국 '제천대성'도 붙잡히게 되었다.

많은 동포, 의형제를 잃은 그들의 마음에는 커다란 상처가 남았다.

그 이후로 살아남은 칠천과 불문 사이에는 깊은 골이 생겼다.

가릉은 허리에 손을 댄 채 불쾌한 눈치로 한숨을 내뱉었다.

"흥. 얼마나 무서운 남자인가 싶어서 지켜보았더니, 상상했던 것보다 훨씬 패기 없는 약골이었습니다. 신왕이 자랑하는 아들이라고 들었는데 김이 새네요."

"…그래. 이런 놀이 같은 게임에서 고생해서는 말이 안 되지."

"후하하, 두 사람 다 까칠하군!"

분위기를 누그러뜨리려는 웃음소리가 라운지에 울렸다.

하지만 두 사람은 불쾌한 분위기를 흐리지 않았다.

뿐만 아니라 잔을 단숨에 비운 교류는 내뱉듯이 말을 이었다.

"애초에 아르주나라는 영걸은 그렇게 청렴결백한 영걸도 아니지 않나? 쿠루크셰트라 전투에서 꽤나 비열한 방식으로 승리했다는 건 유명한 이야기잖아."

"분명히 장로를 죽이고, 스승을 죽이고, 형제를 죽이는, 삼박자였지요? 더불어서 전쟁의 법도를 지키지 않고 동족끼리 죽이고 죽였다나."

"오오…. 그런 전승이 있나. 그건 좀 아니로군."

처음으로 아르주나의 전승을 들은 주천동자는 얼굴을 찌푸렸다.

가릉이 말하는 것은 인도 신군의 전승을 전하는 서사시 『마하바라타』일 것이다. 세계 3대 서사시로도 꼽히는 이 서사시 최대의 전쟁 '쿠루크셰트라 전투'에서 아르주나는 많은 무공을 세웠지만, 그것은 피로 피를 씻는 골육상쟁을 그린 무시무시한 것이기도 했다.

최장로이자 일족 최강의 전사, 비슈마.

왕족이나 동세대 전사들의 스승, 드로나

이부(異父)형제이자 형제 최장년의 전사, 카르나.

정확하게는 스승 드로나가 죽는 원인을 만든 것은 아르주나가 아니라 아르주나의 형이지만, 이것도 무심코 눈을 돌리고 싶어질 정도로 끔찍한 방법으로 살해되었다.

 적군 중에서 최대전력이었던 이 세 전사를, 아르주나 쪽은 간계를 써서 쓰러뜨린 것이다.

 전쟁에서 정의를 찾는 게 잘못이라는 것은 상식이지만, 그래도 이 골육상쟁을 듣고 얼굴을 찌푸리지 않는 자는 없을 것이다.

 "…후후, 인도 신군 중에서도 손꼽히는 실력자가 그러한 대죄인이라는 것을 알면 황당하지요. 이만큼 피 묻은 전승도 없어요. 작은오빠도 그렇게 생각하지 않습니까?"

 "그래. 듣기로는 다른 신군에게서는 꺼림칙한 별명으로 불린다는 모양이더군. 분명… '위약(違約)의 영웅'이랬나?"

 "어머나, 무시무시한 별명. 인도 신군 최강이라는 간판을 내려야 하지 않을까요?"

 입가를 누르며 아르주나를 비웃는 가릉.

 하지만 두 사람이 조소와 함께 '위약의 영웅'이라는 말을 꺼낸 다음 순간.

 교류의 뒤통수에 엄청난 속도로 술병이 날아왔다.

 "으앗?!!"

챙그랑!!! 하고 교류의 머리에 술병의 파편과 술이 뿌려졌다. 기습을 받은 교류는 그대로 안면을 테이블에 처박았고, 테이블에는 금이 갔다.

아무리 기습이라고 해도 교류 정도의 강자가 못 피한 것을 보면 보통 속도가 아니다.

갑작스러운 습격에 놀란 가릉과 주천동자는 보라색 연기 너머의 그림자에게 시선을 보냈다. 술병을 던진 남자는 연기를 헤치며 접근하더니, 조야한 동작으로 귓구멍을 후비면서 나타났다.

"어이어이어이어이어이. 지금 아르주나에 대해 말도 안 되는 욕을 하는 걸 들었는데, 내가 잘못 들은 거였으면 싶은데? …어이, 너냐, 망할 안대 녀석아."

가릉과 주천동자는 그 목소리의 주인을 노려보았다.

귀를 후비면서 머리카락이 거꾸로 곤두설 기세로 분노를 드러내며 나타난 남자.

근골 우람한 체격에서는 외모 이상의 힘이 엿보여 뛰어난 전투능력을 상상하게 했다. 방금 전에 날아온 술병의 속도를 보면 보통 전사가 아닐 터.

가릉은 말없이 금색 깃털의 불꽃을 방출하기 시작했지만, 곧 주천동자가 제지했다.

"그만둬라, 가릉. 이런 장소에서 금색 깃털의 불꽃 같은 걸

써 봐라. 다른 승객이 가만히 있지 않을걸."

"하지만!"

"하지만이고 뭐고 없다. 애초에 싸움을 건 쪽은 교류다. 그럼 이다음은 이 녀석이 판단하면 된다. …그렇지, 교류?"

턱수염을 쓰다듬으면서 히죽 웃는 주천동자.

테이블에 머리를 박았던 교류가 말없이 일어선 것은 그때였다.

젖은 머리를 쓸어 올리면서 성큼성큼 발을 옮긴 교류는 분노를 억누른 흉악한 미소와 함께 남자의 앞에 섰다.

"뭐야, 너? 제석천의 아들이랑 아는 사이냐?"

"아는 사이 정도가 아니지. 네가 모욕한 아르주나의 가족이자 형이다."

호오? 하고 세 사람의 눈동자가 제각각의 놀라움으로 물들었다.

인도 신군의 영걸인 아르주나에게는 네 명의 형제… 아니, 정확하게는 다섯 명의 형제가 존재했다.

그들은 모두 반신반인으로 태어났고, 각기 다른 신령인 아버지를 두었다고 전해진다.

하지만 이름 있는 영걸이라고 해도 모형정원에서 영격을 계속 유지하는 자는 적다. 헤라클레스처럼 그리스 신군 중에서도 비교할 데 없는 대영웅으로 전해진다면 또 다르겠지만, 아르주

나 이외의 형제가 모형정원에 현현하려면 자신의 영격 이외의
또 다른 뒷배가 필요하다.

별의 주권, 혹은 신령의 화신.

아르주나의 형이라고 말하는 남자를 품평하듯이 노려보던
교류는 입가를 쓰윽 끌어올리며 웃었다.

평소에는 결코 보여 주지 않는 용의 송곳니를 드러낸 그는
한 걸음 다가가서 사정거리에 들어갔다.

"기분 상했다면 미안하군, 애송이. 무심코 생각한 바를 솔직
한 이 입이 그대로 말했을 뿐이야."

"헤에? 즉 정정할 생각은 없다는 거로군?"

대치한 남자의 온몸도 분노로 부풀어 올랐다.

두 사람의 기백으로 보라색 연기가 서서히 걷히고, 일촉즉발
의 분위기가 흐르기 시작했다. 테이블 위의 잔에 균열이 생기
고, 램프의 유리에도 금이 갔다.

교류는 도발하듯이 두 팔을 펼치며 외쳤다.

"그래, 몇 번이든 말해 주지. 장로를 죽이고, 스승을 죽이고,
형제를 죽인 자! 그리고 비열한 작전을 여럿 구사하여 전쟁에
승리한 비열한 영걸! 이게 인도 신군 최강이라니, 웃을 수밖에!
이래서는 영걸이라기보다도 피에 젖은 마왕 같지 않나!!!"

교류가 소리치는 동시에 남자의 강인한 주먹이 복근에 꽂혔
다.

해저화산에서 천년의 수행을 쌓아 단련된 그의 육체에는 어지간한 공격이 통하지 않는다. 일부러 도발했다는 것은 선수를 양보했다는 뜻이었지만, 남자의 완력은 교류의 예상을 웃돌았다.

내장에서 치솟는 격통에 교류는 호흡을 빼앗겼다.

그런 빈틈을 놓칠 만큼 미숙한 상대가 아니다.

아르주나의 형은 핏발 선 눈으로 교류의 머리채를 붙잡더니 벽에 처박았다.

"커흑…!!"

"흥, 입만 살았군, 이 안대 녀석!!"

덤벼든 기세를 살려서 발차기를 날린 남자는 계속해서 공격하였다.

그 전투법은 그야말로 야수의 그것이다.

다리 움직임과 무릎 사용법을 보면 무술을 습득한 것이 틀림없지만, 남자는 일부러 무술을 봉인하고 싸움을 시작했다.

말하자면 시종일관 감정적인 싸움으로 갈 생각이다.

보통 일반적인 괴력은 교류에게 통하지 않는다. 아무리 반신반인의 주먹이라고 해도 결국은 인간의 주먹. 산하(山河)에 주먹을 꽂아 봤자 조금 큰 크레이터가 생기는 정도다.

하지만 이 남자의 주먹은 사정없이 교류에게 꽂혔다.

믿기지 않을 정도의 괴력이다.

"자, 작은오빠…!"

가릉은 경탄한 채로 눈을 껌뻑였지만, 남자의 근력을 얕볼 수 없음을 알고 임전태세에 들어갔다. 하지만 다시금 주천동자가 그녀를 제지했다.

"됐으니까 내버려 둬라. 남의 싸움에 간섭하는 것만큼 눈치 없는 짓도 없지."

"하지만 작은오빠가!"

쿠와왕!! 하고 성대하게 라운지를 파괴하면서 계속해서 맞부딪치는 두 사람.

연기는 순식간에 사라지고, 대신 먼지가 깔리고 파편이 튀었다.

깊은 안개 너머에서 소동을 깨달은 다른 관객들은 이 싸움을 막기는커녕 술안주로 삼는지 흥이 올랐다.

등을 돌린 주천동자도 술잔을 들이키면서 아랑곳 않는 자세였다.

평소에는 듬직할 터인 오빠의 풀어진 태도에 가릉은 시뻘건 얼굴로 화를 냈다.

"오빠, 적당히 좀 하세요! 판다바 오형제라면 모두가 이름이 알려진 영걸들! 작은오빠가 걱정되지 않습니까?!"

"걱정이라…. 가릉도 참 호들갑이구나. 그냥 싸움 아닌가."

"하지만."

"됐으니까 앉아라. 그, 뭐냐… 그 판다바의 영걸인가 하는 게 뭔지는 모른다만, 잊었느냐? 교류는 **네 자릿수의 마왕이거든?**"

주천동자가 한숨을 내쉬면서 지적한 순간, 아르주나의 형이라고 말하던 남자가 옆자리를 박살 내며 날아가 바 카운터에 처박혔다.

"크, 헉?!!"

쿨럭, 하고 피를 토하는 남자.

깨진 술병 파편이 곳곳에 튀고, 바 카운터는 흘러나온 술로 젖었다.

연기 너머의 관객들은 한층 신이 났다. 하지만 당사자는 그런 상황이 아니었다.

날아간 것은 교류와 마찬가지라지만, 그 상처는 도저히 비교할 수 없다. 날려 버린 교류는 먼지를 털듯이 느긋하게 걸어와서 꿈쩍도 할 수 없는 남자를 비웃었다.

"뭐야…. 제대로 힘 좀 썼더니 이거냐. 위세 좋은 것도 처음뿐이로군, 애송이."

"이, 이게…."

처음에는 실력을 쟀던 것뿐이라는 걸 깨달은 남자는 분노한 표정으로 교류를 노려보았다.

보통 마왕이 상대라면 산하를 깨뜨리는 그 괴력으로 쓰러뜨릴 수 있겠지만, 그의 앞에 선 남자는 보통 마왕이 아니다.

모형정원 네 자릿수, 신역에 본거지를 둔 칠천 중 하나.

본래 신화의 영웅영걸이 일치단결해야 비로소 싸움이 성립되는 영역의 마왕이다.

"그 정도로 잘도 마왕에게 싸움을 걸자는 생각을 하는군. 너보다 강한 인간이라면 여태까지 밤하늘의 별만큼 해치웠어. '복해대성'의 깃발 아래에는 엄청난 강자들의 시체가 굴러다닌다."

"큭… '복해대성'…! 그럼 네가 그 칠천 중 하나인가!!"

옆구리를 누르면서 일어서는 남자에게 교류는 자신만만하게 웃으면서 수긍했다.

"그렇다. '칠천대성' 중 하나, 교마왕 교류.

중화대륙을 뒤흔든 대전쟁에 이름을 새긴 자.

사람들이 말하는 '바다를 뒤엎는 대성자'가 바로 나다."

투지를 드높이며 이름을 대고 적대자를 위협한다.

교류가 자기 내력을 모두 말하는 일은 좀처럼 없다. 이게 그나름대로 예의를 차리는 것이리라.

교류의 육체에 상처를 낼 정도의 영걸은 요 몇 년 동안 두 명밖에 없었다. 고로 그만한 경의를 표해야 한다고 판단한 것이다.

평범한 영걸이 상대였으면 이 위협만으로도 전의를 상실했을 게 틀림없다.

하지만 이 남자, 판다바 오형제 또한 결코 범상한 영걸이 아니었다.

"흥…. 그럼 이해됐어. 그래서 아르주나의 험담을 했군. 아르주나는 우리 대장의 아들이니까?"

"뭐?"

교류의 표정에서 미소가 사라졌다. 지금 말은 흘려들을 수 없다.

아르주나는 제석천과 크루족의 왕비 사이에서 태어난 반신반인이다.

즉 남자가 말하는 '대장'이란 신왕 제석천이라고 생각해야 할 것이다. 그리고 '대장'이라고 부르는 걸 보면 이 남자는 제석천의 부하라는 뜻.

제석천이 조직한 무투파의 집단이라면… 해답은 하나밖에 없다.

"설마 너… '호법십이천'의 화신인가?!"

"그래! 내가 바로 풍천(風天) 바유의 아들, 판다바 오형제의 차남! 크루족 최강의 괴력이라고 불리는 비마 님이다!!"

박살 난 바 카운터의 파편을 밀어젖히며 앞으로 나서는 비마.

인도 신군의 영걸 중에서도 손꼽히는 괴력으로 널리 알려져 있으며, 그의 이름은 훗날 인도에서 '장사'라는 이름의 대명사가 되었을 정도다.

무술에도 뛰어나고 '쿠루크셰트라 전투'에서는 많은 적장을 쓰러뜨렸다.

풍천의 아들인 그는 신의 화신으로서의 영격을 받았을 터.

퉤엣, 하고 피를 내뱉은 비마는 여태까지 이상의 투지를 일으키며 이를 드러냈다.

"그래, 교류라고 했냐. 네가 이름 있는 마왕이란 건 이해했는데, 이쪽도 물러날 수 없는 맹세가 있어."

"…………."

"나는 내 동생을… 그리고 형제들을 '위약의 영웅'이라고 부르는 놈을 결코 용서하지 않아. 그 싸움에 대해 모르는 외야에서는 내 형제를 이러쿵저러쿵 말하려 하지만, 그런 놈들일수록 자기가 한 짓에서는 눈을 돌리지. 내 동생이 얼마나 괴로워하며 그 결단을 내렸는지 모르고 떠든다면… 네 주둥아리는 내가 이 손으로 박살 내 주마…!!!"

가족의 모욕은 결코 봐 넘기지 않는다.

무뢰한의 조야한 자세에서 서서히 야수를 본뜬 권법의 자세로 변하였다.

아무래도 무술을 쓸 각오를 한 모양이다.

상형권(象型拳)인가 생각했지만, 교류의 지식으로도 일치하는 게 없었다. 아마도 인도 신군의 영걸이 쓰는 무술 중에 야수를 본뜬 자세가 있는 거겠지.

솟구치는 신기에 위화감을 느낀 주천동자는 처음으로 비마의 존재에 경계를 품었다.

'이 신기… 뭔가 섞였군. 풍천 이외에도 짊어진 신격이 있어.'

이중신격을 가지는 것은 지극히 위험한 행위다.

의사신격이 숙주의 영격을 불태워 버린다는 것은 잘 알려져 있지만, 이중신격은 그것도 웃도는 속도로 영격을 소비해 버린다.

그걸 견딜 수 있다면, 그걸 위해 치열한 수련을 거듭해 왔다는 증거.

이 이상은 안 되겠다 싶어 마음을 고쳐먹는 주천동자.

하지만 교류에게서 피어오르는 처절한 살기를 보고 무심코 말을 삼켰다.

교류의 투지와 살의가 뒤섞인 기백에 정령열차의 바닥이 깨지고, 그 입가에는 여태까지 본 적도 없는 냉철한 미소가 새겨져 있었다.

과거의 역린을 건드리는 바람에 젊은 용은 눈동자에 핏기를 띠고 있었다.

"…그래. '호법십이천'이라는 건 몰랐어. 알았으면 이런 식의 싸움 따윈 하지 않았겠지만."

스윽, 하고 무서울 만큼 조용한 발걸음.

분명 사카마키 이자요이도 카스카베 요우도 본 적 없는 움직임일 것이다.

소리를 죽이고, 기척을 죽이고, 똑바른 살기를 띠는 교류. 그걸 느낀 순간 주천동자는 경악하여 일어섰다.

"이, 이런…!"

주천동자는 상황을 가볍게 본 것을 후회했다. 왜냐면 교류의 오른손에는 검게 물들어 가는 '계약서류(기아스 롤)'가 쥐어져 있었기 때문이다.

과거 의형제의 목숨을 빼앗은 '호법십이천' 중 하나가 눈앞에 있는데 억누를 수 있을 리가 없다. 그런 것은 주천동자가 제일 잘 알고 있을 터인데.

이렇게 되면 힘으로라도 교류의 폭거를 막아야만 한다고 주천동자가 각오한 순간!

공간에 균열이 생기고, 은발이 부채꼴로 퍼지며 빛났다.

"이… 멍청한 놈들이이이이이이이!!!"

"켁?!!"
"배, 백야왕?!!"

두 사람은 놀라서 반응했지만 이미 늦었다.

여왕 '퀸 핼러윈'의 공간도약은 일체 타임 랙이 없기 때문에, 전조를 읽을 수도 없다.

은발의 백야왕이 두 사람 사이에 끼어들더니 다짜고짜 그 주먹으로 두 사람을 날려 버렸다. 아무리 영걸이라도, 아무리 마왕이라도, 성령의 일격을 기습으로 받으면 일어설 수 없다.

연기 저편으로 날아가 벽에 격돌한 두 사람은 사이좋게 의식을 잃고 쓰러졌다.

*

그리고 그 싸움으로부터 한 시간 뒤.

"이 멍청한 놈들이!!! 때와 장소도 가리지 못하는 거야, 이 풋내 나는 놈들아!!!"

정령열차가 삐걱거릴 정도의 고함소리에, 정좌한 두 사람도 바짝 긴장하였다.

보라색 연기 너머의 관객들도 위축된 것처럼 조용해져서, 라운지는 기이한 분위기에 휩싸여 있다.

좀처럼 진짜로 화내지 않는 백야왕이 신기를 마구 뿌려 댈 정도로 격노하고 있다. 아무리 수라신불이라고 해도 제1차 태양주권전쟁을 제패한 자의 분노를 건드리고 싶지는 않다.

정좌하고 있는 교류와 비마도 백야왕에게는 거스르지 못하여, 불만스러운 얼굴을 하면서 서로를 노려보았다.

백야왕은 계속 소리치다가 지쳤는지, 어깨를 늘어뜨리고 두 사람을 보았다.

"하아…. 한쪽은 질서의 정점인 '호법십이천'. 한쪽은 모형정원을 수호하는 '계층지배자'. 그 두 사람이 정령열차의 라운지에서 제대로 싸우기라도 해 봐라. 호법의 힘이 약해졌다고 본 마왕들이 날뛸 게 눈에 선하다. 그걸 모르는 미숙자였더냐?"

""하지만 이 녀석이!!!""

"하지만이고 뭐고 있냐, 이 풋내기들아!!!"

백야왕의 고함에 공간에 금이 갔다.

이 정도로 격노한 백야왕은 좀처럼 볼 수 없다.

보다 못한 주천동자가 끼어들었다.

"자아, 자. 그 정도로 하지, 백야왕. 두 사람 다 이렇게 반성하고 있어. 게다가 교류의 일처리는 그대의 귀에도 닿았을 터. 머리를 좀 식히고 나면 착실하게 수호자로서의 임무를 다하겠지."

"…음."

"그리고 거기 애송이. 자네의 분노도 이해하지만, 내 의형제에게도 지워지지 않는 마음의 상처가 있다. 자네가 '호법십이천'이라는 걸 안 지금 쉽사리 고개를 숙이기란 어렵겠지. 고로 여기선 나의 사죄를 받아 주었으면 하는군."

주천동자가 고개를 숙이자, 그 자리에 있던 전원이 놀랐다.

"의형제의 무례, 진심으로 사과하지. 주천동자의 깃발 아래 두 번 다시 이런 모욕이 없도록 하지."

"아, 아니, 오빠!!"

"십이천에게 고개를 숙이다니!!"

"적당히 못 하겠냐, 너희들!! 너희의 의형이 누구를 위해 머리를 숙였는지 생각해라!!!"

격노하는 두 사람에게 백야왕이 일갈을 날려서 입을 막았다.

비마는 그 의도를 알 수 없어서 의심 어린 얼굴로 주천동자를 노려보았다.

"…영문을 모르겠군. 왜 네가 고개를 숙이지? 아니, 어떻게 고개를 숙일 수 있지? 십이천이나 우리 대장은 의형제의 원수 아니었나?"

"물론 그렇지. 하지만 나는 자네의 분노도 이해할 수 있어. 과거에 칠천전쟁이 일어났을 때를 떠올리면, 아무래도 진심으로 분노할 수 없군."

숨을 삼켰다. 과거에 칠천전쟁이 발발한 것은 한 반성령을 구해 내려는 것이 계기였다.

'제천대성' 손오공. 푸른 별의 반성령 중 하나인 그녀가 천제의 간계로 목숨을 빼앗길 위기에 처했을 때, 의형제를 구하기 위해 칠천은 마왕으로 떨어질 것을 각오했다.

그녀의 목숨은 '죄'였을지도 모르지만 결코 '악'이 아니라는 걸 증명하기 위해서, 여섯 요왕은 목숨을 걸었다.

"풍천 비마여. 자네 또한 형제의 명예를 위해 주먹을 쳐들었지. 그 분노를 부정하는 것은 과거 우리의 분노를 부정하는 것이 된다. 서로 묵은 원한이 있는 사이지만, 영혼이 중요시하는 것은 같을 터. 아닌가?"

"…………."

"고로 비마여. 지금 다시금 고개를 숙이지. 여기선 내 사죄로 물러나 주지 않겠나?"

주천동자가 천천히 허리를 굽혔다.

하지만 비마는 두 손을 뻗어 그것을 막았다.

"아니, 도세(渡世)의 왕인 네게 두 번이나 고개를 숙이게 해선 안 되지. 다음은 내가 고개를 숙일 차례다. …먼저 손이 나가서 미안했다, 교마왕."

똑바로 교류를 바라본 비마는 천천히 고개를 숙였다.

이렇게 되면 교류도 가릉도 반론할 수 없다.

사죄를 받아들이지 않으면 주천동자의 체면이 망가지고, 그리고 과거 칠천전쟁의 정의조차 의심받는다.

이를 악물면서 교류가 고개를 끄덕이자, 비마는 바로 일어섰다.

"방해했군, 칠천들. 나중에 사죄의 선물을 보내지. 특히나 주천동자에게는 최고급 술을 보내기로 약속하지."

"와하핫, 그거 좋지! 고개를 숙인 보람이 있었어!"

드높은 웃음소리에 비마도 표정이 풀어졌다. 아무래도 이 웃음이 비마라는 영걸의 진짜 웃음인 모양이다.

그의 모습이 보이지 않게 되자, 백야왕은 한숨을 섞어 가며 주천동자를 보았다.

"음···. 수고스럽게 했구나, 주천동자. 역시 북쪽의 수호자는 달라."

"아니, 최근에는 딸아이들에게 도맡겼지. 그리고 감사할 건 내 쪽이야. 조금만 늦었으면 돌이킬 수 없는 사태로 발전했을 테니까."

주천동자와 백야왕이 동시에 교류를 보았다.

교류는 머쓱해져서 시선을 피했다.

분노에 사로잡혔던 그는 자칫하면 검은 '계약서류'··· '주최자 권한'을 행사할 뻔했다.

혹시 다음에 마왕으로 전락한다면 처벌은 피할 수 없었을 것이다.

하지만 그런 교류를 감싸듯이 가릉이 일어섰다.

"기다려 주세요, 오빠. 그리고 백야왕. 작은오빠의 분노를 처벌한다면 저도 가만히 있지 않습니다. 먼저 위해를 가해 온 것은 그 무례한 녀석이니까요."

"알고 있다. 하지만 여기에는 다른 관객의 눈이 있지. 아무런 처벌도 하지 않을 수는 없다."

주천동자의 말에 백야왕이 수긍했다.

"괜찮다, 가릉. 마침 일손이 필요했지. 교류에게는 주권전쟁 제2회전의 안내역을 의뢰할까 한다. 그거면 되겠지, 교류?"

"예. 대형의 얼굴에 먹칠을 했으니, 그 정도는 별것도 아니지."

뒷머리를 긁적이면서 처우를 받아들이는 교류.

이걸로 정리되었다 싶어서 백야왕은 부채를 펼치고 크게 웃었다.

"좋아, 그럼 설교시간은 이걸로 끝이다! 제2회전은 더 넓은 장소에서 진행할 테니까 일손이 필요한 참이었지!"

"넓은 장소? 그렇다면 나 이외에도 안내역이?"

"음! 1회전의 안내역은 헤라클레스뿐이지만, 2회전은 많은 조직에게 안내역을 의뢰하였다! 내가 여태까지 흥미가 없었던 토지에서 개최하는 것이기에, 인맥도 적어서 곤란했지!"

세 사람은 신기하다는 듯이 서로의 얼굴을 보면서 고개를 갸웃거렸다.

신들의 모형정원에서도 최고참으로 꼽히는 백야왕조차 흥미가 없는 대지. 그건 과연 어디일까?

"왠지 안 좋은 예감이 드는데… 2회전의 무대는 어디가 될 예정이야?"

"음! 듣고 놀라거라! 2회전의 무대는 바로….''

*

…호오? 살인종의 왕은 의외라는 듯이 그렇게 말했다.

2회전의 무대는 그녀에게도 의외의 무대가 준비된 모양이다.

하지만 아르주나의 몸에 속박된 그녀는 아직 할 수 있는 일이 없다. 아르주나가 크리슈나를 차지하고 나서지 않는 한, 이렇게 밖을 내다보는 게 한계다.

지금 상태로 그런 짓을 했다간 신왕 인드라 밑의 호법십이천이 가만히 있지 않는다. 지금 그녀의 힘으로 천군과 정면에서 격돌하는 짓은 어리석을 따름이다. 크리슈나에게 힘을 빌려줘서 살아남게 하는 게 고작이다.

어떤 계기로 자유의 몸이 될 수 있다면 또 다르겠는데.

'자유…라. 그래. 자유만 손에 넣으면 쓸 만한 말은 모여 있군. 내가 부활했을 때에는 저 의형제들도 춤추게 하는 게 좋을지도 모르겠군.'

만약 자유를 손에 넣으면 그때는… 왕관종으로서의 위광을 보여 주기로 맹세한다.

아무튼 제1회전은 저 '가이아의 막내'로 알려진 티포에우스의 무대다. 그자가 진짜로 지금 모형정원을 어떻게 하려 한다면 지금은 조용히 지켜보는 게 선배로서의 책무. 일단은 솜씨를 구경해 봐야겠지.

그리고 '가이아의 막내'가 무릎을 꿇는다면….

그때야말로 살인종의 왕인 그녀의 차례다.

살인종의 왕은 그때가 오는 것을 기대하면서 잠들기로 했다.

그리고 현재.

아틀란티스 대륙에서 벌어진 태양주권전쟁의 제1회전이 끝나고 1주일이 지났다.

원주민을 어디서 받아들일지를 놓고 각지의 커뮤니티가 빠르게 움직여 준 덕분에 일은 신속하게 진행되었다. 그중에서도 정력적으로 인구를 받아들인 곳은 동쪽의 '계층지배자'로 임명되어 영지를 확대하고 있는 '노 네임'이었다.

강인한 전사를 한 명이라도 더 많이 원하는 '노 네임'에게 아틀란티스 대륙의 원주민들은 곧바로 전력으로 쓸 수 있는 집단이었다.

신용 문제 쪽으로 마찰은 많이 있었지만, 일단 토지를 빌려주고 재건을 지원하는 형태로 이야기가 매듭지어지고.

간신히 사후처리를 끝낸 그녀, '노 네임'의 두령인 카스카베 요우는 지친 듯이 테이블 위에 엎어졌다.

"아~…. 간신히 준비가 다 끝났어. 지원을 보내 준 '여섯 개의 상처' 사람들에게는 감사해야지."

"토지만이 아니라 식량이나 의복도 필요하니까. 역시 친한 상업 커뮤니티는 있고 봐야 할까?"

쓴웃음을 지으며 홍차를 입으로 가져가는 아스카.

그 옆자리에서는 사카마키 이자요이가 히죽거리면서 손으로 턱을 괴었다.

"으음, 두령님은 고생도 많네. 커뮤니티의 확장이나 동맹 상대와의 연대, 할 일이 많기도 해."

"진짜로 그래. 어디의 누구처럼 멋대로 굴 수 없으니까. 슬슬 교대해도 좋을 때 아닐까?"

"그리고 싶은 마음이야 굴뚝같은데, 세상이 날 놔주질 않아서 말이지. 진정되거든 조금은 도와주지."

남의 일처럼 놀려 대고는 있지만, 이자요이도 거짓말을 하는 건 아니다.

요우에게 '노 네임'의 운영을 떠넘긴 것에 대해서는 조금, 아주 조금 미안하다고 생각한다.

하지만 아틀란티스 대륙에서 이자요이가 직면한 진실은 그에게 평안한 나날을 허락하지 않는다.

성진입자체(아스트랄 나노머신)의 피험자, 그리고 희생자들.

실험을 주도한 것으로 여겨지는 국제조직의 그림자.

그리고… 푸른 별을 죽음의 별로 바꾸는 대동맥 붕괴, 파국 분화.

'마지막에는 푸른 별의 성령이라는 놈도 나타났지. 주권전쟁 동안은 모형정원의 안팎을 오갈 수 있는 몇 안 되는 찬스고, 지금은 '노 네임'에 돌아갈 상황이 아냐.'

격투 끝에 쓰러진 티포에우스는 아직 눈을 뜨지 않았다. 그는 입자체 연구의 어둠, 그리고 이자요이와 호무라의 아버지인 사이고 토우야와도 면식이 있었다.

아버지 사이고 토우야의 지인은 상당수가 수상쩍은 죽음을 맞았고, 이자요이도 자세한 이야기를 들은 적이 없다.

하지만 티포에우스는 이자요이가 모르는 마지막 조각을 알 가능성이 있다.

지금 당장이라도 이야기를 듣고 싶은 상황이지만, 티포에우스, 아르주나, 크리슈나는 절대안정을 취해야 하는 상태다.

지금은 얌전히 티포에우스가 눈을 뜨는 걸 기다릴 수밖에 없다.

…그렇다고 해도 요우의 격무도 무시할 수 없다.

레티시아나 크로아가 소식불통인 상태로 플레이어까지 해내고 있다. 이대로 가다간 언젠가 반드시 큰일이 일어난다.

하다못해 사정을 잘 아는 인간에게 내정을 맡기지 않으면 쓰러져 버릴 것이다.

"…뭐, 미안하다는 마음은 있어. 교류나 백야차, 혹은 가로로 아저씨랑 이야기를 해 볼 테니까, 지금은 조금 더 애써 줘."

"응. 본격적으로 무리일 것 같으면 주권전쟁은 이자요이에게 맡기게 되겠지만…."

"아니, 그건 무리야."

그런 즉답에 놀라는 두 사람. 이자요이라면 혼자서라도 계속 참가할 거라고 생각했을 것이다.

하지만 이자요이는 자못 당연하다는 듯이 기막힌 시선을 보내며,

"잊었어? 나는 이제 곧 육체 연령이 성인이 돼. 어찌 되었든 참가자로 참가하는 건 불가능해."

"아…!"

"그, 그랬어! 이자요이 군은 이제 곧 성인이야…!"

까맣게 잊고 있던 두 사람은 '노 네임'이 처한 상황을 거듭 깨달았다. 이대로 가다간 참가자가 객장인 우에스기 여사만 남아서 게임을 계속해 나가는 것조차도 위험하다.

요우가 없는 동안 자리를 맡길 수 있는 인원의 시급한 확보가 필요불가결하다.

"다음 게임까지 조금 시간이 있어. 한가할 것 같은 녀석에게 말을 붙여서 '노 네임'의 운영을 맡길 수밖에 없어."

"그, 그래. 신뢰할 수 있는 사람은 많이 있으니까, 이틈에 말을 걸어 놔야."

당차게 행동하는 요우도 그 표정은 어두웠다.

심신 모두 지쳐서 피로가 쌓였을 터. 아무리 이자요이라도 양심이 아픈지 뒤통수를 긁적이면서 검지를 세웠다.

"어어…. 알았어, 알았어. 대리를 찾을 때까지 커뮤니티의 일은 내가 맡지. 카스카베는 조금 쉬어."

"어…. 괘, 괜찮아? 이자요이도 바깥세계 일로 바쁘잖아?"

"대리를 찾을 때까지라면 얼마 안 걸리겠지. 지금 '노 네임'의 현황을 파악하는 의미라도 두령 대행을 맡는 건 나쁘지 않아. 네가 아니라면 결정할 수 없을 만한 안건을 제외하고 내가 도맡도록 하지."

귀찮다는 듯이 스트로를 깨무는 이자요이.

하지만 이걸로 또 귀찮은 일이 늘었다.

세계의 파멸, 입자체의 비밀, 도우미 찾기.

지금 상황을 개선하려면 이자요이가 뛰어다닐 수밖에 없는 모양이다. 세계 안팎을 뛰어다니며 사건을 해결한다는 것도 사카마키 이자요이다운 것인지 모른다.

적당히 대화가 끝날 무렵에 멀리서 교류의 목소리가 들렸다.

*

"어이~ 거기 문제아들! 잠깐 괜찮겠냐?!"

"아, 교류 씨."

"어쩐 일로 네가 나타났군. 무슨 일이야?"

세 사람이 웃으면서 교류를 맞는 가운데, 그는 어깨를 추욱 늘어뜨리면서 자리에 앉았다.

"으음…. 실은 백야왕의 부탁으로 조금 귀찮은 일을 떠맡게 되어서. 이야기 상대가 필요했어."

"흐음?"

"백야차가 맡겼다는 걸 보면 주권전쟁의 운영 관련이네. 혹시 2회전 이야기?"

요우가 고개를 갸웃거리자, 이자요이와 아스카의 표정이 날카로워졌다.

제2회전의 정보를 여기서 얻을 수 있다면 조금이라도 얻어 두고 싶다. 하지만 교류는 웃으면서 손을 흔들었다.

"미안하지만 이쪽도 기밀수호의무라는 게 있어. 게다가 이제 곧 2회전에 대한 정보가 공개될 테니까 기대해."

"아, 그렇군."

"벌써부터 정보 GET♪"

이자요이가 부채질하자, 교류도 쓴웃음을 띠었다.

"여전히 눈썰미도 밝다고 할까, 하나를 말하면 열을 안다고 할까…. 뭐, 좋아. 내 용건을 들으면 어차피 알아챌 거였고."

즉, 할 이야기라는 것은 제2회전에 대한 정보일 터.

교류는 이자요이를 향해 손가락을 까딱거려 부르는 시늉을 했다. 거기에 따라 여성 두 명도 귀를 가까이 가져가자, 교류는 주위를 경계하면서 속삭였다.

"이자요이 군. …네가 바깥세계의 화교와 다퉜단 이야기, 사실이야?"

"화교? 그건 요코하마의 중화가에서 다툰 이야기?"

"그래, 그거. 괜찮으면 그 이야기를 자세히 들었으면 하는데."

"상관은 없는데… '호법십이천'의 회사 이야기인데?"

교류는 다 알고 있다며 고개를 끄덕였다.

십이천과의 고집스러운 관계에 대해 잘 아는 이자요이에게는 그야말로 마른하늘의 날벼락일 것이다. 여태까지 교류에게 불문의 이야기는 금구, 십이천의 이야기라면 조용히 노기를 내뿜었을 것이다.

무슨 심경의 변화가 있었나 물으려던 이자요이에게 아스카가 끼어들었다.

"자, 잠깐만, 이자요이 군! 당신, '호법십이천'과 함께 일하고 있었어?!"

"뭐, 조금. 괜히 모형정원의 안팎을 뛰어다닌 게 아니야. 이래 보여도 인맥은 꽤 넓어. 뭣하면 '호법십이천' 중 한가한 녀석에게 도우미를 부탁해 볼까?"

여기에는 두 사람 다 놀랐다.

'호법십이천'이라고 하자면 천군의 행동부대로 가장 유명한 커뮤니티다.

'노 네임'에게 힘을 빌려주는 우에스기 여사도 그중 하나지만, 그런 그들이 한 커뮤니티에 여러 명의 인재를 파견한다고는 생각하기 어렵다.

아스카는 야유 반, 흥미 반으로 물었다.

"이자요이 군. 혹시 당신 십이천에 빚이라도 안겨 주고 온 건 아니지?"

"십이천이라기보다는… 뭐, 사장님 쪽에게. 바깥세계에 있는 동안 몇 번인가 일을 돕고 사장님의 용돈벌이에 협력한 정도지만."

"뭐야, 그거. 재밌을 거 같네. '노 네임'을 빠져나가서 그런 재미있는 일을 했어?"

입술을 삐죽거리며 항의하는 요우와 쓴웃음을 지으며 어깨를 으쓱이는 이자요이.

"거기에 대해서는 할 말도 없군. 하지만 선물로 들려줄 이야기라면 잔뜩 있어. 교류가 듣고 싶어 하는 화교 이야기라든가."

"이야기 선물로는 부족해. 같이 먹을 음식도 왕창 사 주지 않으면 용서 못 해."

그렇게 말하며 웨이트리스를 붙잡은 요우는 차례로 요리를 주문하여, 이자요이의 이야기를 들을 준비를 마쳤다.

이자요이는 순간 울컥했지만, 이것도 보상 중 하나라고 생각하면 싼 건지도 모른다.

한쪽 팔을 테이블에 괴고 피시 앤 칩스를 먹기 시작한 이자요이는 교류 쪽을 보며 추억을 더듬기 시작했다.

"어어…. 분명히 화교 이야기였지. 꽤 길어지는데 괜찮아?"

"그래. 오늘은 그걸 위해 왔고."

"그렇군."

고개를 끄덕이고 이야기를 시작했다.

이자요이가 '호법십이천'과 함께한 싸움에서 경험한 사건.

그것은 바깥세계의 화교들과의 사이에서 일어난, 어떤 도자기를 둘러싼 사건이었다.

화교가 모이는 요코하마의 어느 거리.

번화하기 짝이 없는 그 겉모습과는 대조적인 어느 방.

붉은색의 문이 특징적인 빌딩의 최상층에서, 그 남자는 의심스러운 기색으로 물었다.

"…'호법십이천'? 뭐냐, 그 장난 같은 이름의 회사는?"

"용병업을 하는 프리 에이전트 회사라고 합니다. 일본으로 본사를 옮긴 뒤로는 소소한 일밖에 맡지 않는 모양입니다만, 이전에는 각국을 넘나들며 상당히 요란스럽게 거친 일을 한, 숙련된 용병집단이라나요."

모피 코트를 벗은 그 남자는 보고서를 받아 들고 그들의 경력에 대해 훑어보았다.

무표정인 채로 글자를 훑던 그 남자는 방금 전과 달리 유쾌한 눈치로 입가를 일그러뜨리며 고개를 들었다.

"흥…. 꽤나 정신 나간 코드네임이로군, 응? 사장의 이름은 미카도 토쿠테루? 이 '미카도'라는 성을 '帝'로 읽으면 '제석천'이 되는 거 아닌가?"

"그렇습니다."

"그럼 이 회사의 사장님은 스스로를 '제석천'이라고 말하는 건가? 제석천이라면, 이 나라에서는 천제를 말하는 거 아니었나?"

제석천. 인도유럽 조어권(祖語圈)에서 널리 믿는 오래전의 신이다.

반대로 중화계 신화에서 전해지는 천제는 시대의 통솔자를 골라 뽑는 '하늘의 뜻을 선고하는 자'를 의미한다. 인드라, 제우스, 유일신, 천제 같은 최고위의 신령은 '천부(天部)'를 지배하는 자와 동일시되는 일이 있다고 한다.

화교에 속하는 마피아인 그들과도 결코 무관한 신이 아니다.

일본 야쿠자들의 신앙이 신도(神道)로 통하는 것과 마찬가지로, 화교계 마피아인 그들의 근간에도 신앙심이 뿌리박혀 있다.

특히나 중국 한민족(漢民族)의 흐름에 속하는 정통조직이라고 말하는 그들로서는 천제를 칭하는 자가 있다는 사실은 그리 재미있는 일이 아니다.

표면적인 생업이라면 몰라도, 뒤쪽 세계의 인물이 상대라면 더욱 그렇다.

"우리 구역에서 날뛴다면 얼른 단속해야겠지만. 보고서를 읽기로는 도쿄 한구석에서 소소하게 지내는 작은 집단이잖아? 그런 조그만 조직이 우리를 조사하고 있다고?"

"예. 하지만 대형. 놈들은 조직 자체는 작아도, 그 전투능력이 보통이 아닙니다. …대형은 중남미의 도시 개발 이권을 둘러싸고 일어난 항쟁을 아십니까?"

갑작스러운 질문에 대형이라고 불린 남자는 불쾌한 얼굴을 하였다.

"아앙? 그야 당연하지. 화교(華僑)만이 아니라 인교(印僑), 유대계, 아르메니아계의 4대 이민이 우발적으로 충돌했다는, 전후 30년이나 계속된, 민간항쟁 중에서도 최대최악의 항쟁이잖아. 모르는 게 이상하지."

황당하다는 얼굴로 손을 내젓는 대형.

이러는 모습을 보면 그도 무관하지는 않았을 것이다.

"유대와 아르메니아가 손을 뗀 뒤로는 화교와 인교의 진흙탕항쟁이 계속되어서 다수의 사망자가 나왔다는 이야기잖아?"

"그렇습니다. 그 사상 최악의 민간항쟁을 해결한 게… 이 '호법십이천'이라는 집단입니다."

"뭐?"

대형은 얼빠진 소리를 내었다.

화교, 인교란 중화계 이민족과 인도계 이민족을 가리키는 말이다.

세계대전 후의 황폐한 세계 곳곳에서 도시개발, 부흥사업 등에 종사한 그들은 일반 세계와 어둠의 세계에서 절대적인 힘을 가진 이민족으로 알려져 있다.

…그런 두 민족이 정면충돌했다는 대항쟁을.

도쿄 구석에서 소소하게 벌어먹을 뿐인 회사가 해결로 이끌었다는 말인가.

"…정말이냐?"

"예. 화교와 인교, 그 쌍방을 뒤에서 관리하는 총괄이 입을 모아서 이렇게 말했다고 합니다.

십이천에게는 손을 대지 마라.

그분들은 **진짜다**, 라고."

측근이 그렇게 말한 직후.

사무소 1층이 발차기에 폭발음과 함께 날아갔다.

＊

시간을 사흘 정도 거슬러 올라가.

시바마타(柴又) 타이샤쿠텐(帝釋天)에서 북서쪽으로 간 장소에 있는 에도가와 강의 강변에 그 남자는 있었다.

도쿄 도와 치바 현의 경계에 있는 에도가와 강은 나룻배가 있어서, 시바마타 타이샤쿠텐에 온 관광객들로 북적대는 모습이었다.

자녀 동반인 관광객들은 가족 나들이를 즐기면서 손을 잡고 걷고 있었다.

"…하아."

그 모습을 벤치에 앉아 멀리서 바라보는 어느 남자.

겉모습의 나이는 30대 초반.

외모가 어떠냐고 묻는다면 괜찮다는 의견이 많을 것이다.

한창 일할 나이의 남성이 의미도 없이 혼자 공원의 벤치에 앉아 있는 그 모습은 수상쩍기 그지없을 터.

하지만 입고 있는 옷도 그렇고, 몸단장도 그렇고, 제법 괜찮게 꾸미고 있는 남자가 의미도 없이 평일의 벤치에 앉아 있다고는 생각하기 어렵다.

뭔가 깊은 사연이 있는 게 틀림없겠지.

혹은 누군가와 만날 약속이라도 했을지 모른다.

분명 그게 틀림없다.

공허한 그 눈동자는 무아지경에 도달한 자만이 얻을 수 있는 것.

아득히 먼 하늘 저편에 떠 있는 새하얀 구름을 흐릿한 눈으로 바라보는 그 남자… 미카도 토쿠테루는 입가에 달관을 함유한 미소를 지으면서 중얼거렸다.

"…돈이 없어."

역시 글러 먹은 아저씨였다.

어떻게 변명할 여지도 없이 완전히 글러 먹은 아저씨였다.

외모에 조금 신경을 썼을 뿐인, 완벽하게 글러 먹은 아저씨였다.

그 퍼펙트하게 글러 먹은 아저씨는 멋쩍은 듯 다리를 꼬더니 휴대전화를 켜서 메일을 확인했다.

"업무 스케줄도 공백이고. 지갑 안은 텅텅 비었고. 담배도 이게 마지막 한 대. 죄를 짓는 것은 인간, 죄를 용서하는 것은 신이라고 하지만… 이 경우 어느 신에게 참회하면 용서를 받을 수 있지?"

마지막 담배를 꺼내어 아쉬운 눈치로 불을 붙였다.

그런 그의 발밑에는 찢어서 내버린 마권이 몇 장 떨어져 있었다. 아무래도 마지막 소지금을 써서 도박에 손을 댄 모양인데, 멋지게 망한 눈치다.

얼마 안 되는 소지금을 그런 일로 바닥낸 걸 보면, 이 남자의 사생활이 얼마나 흐트러져 있는지 알 수 있다.

토쿠테루가 담배 연기를 내뿜으면서 돈 벌 궁리를 하는 척하고 있는데, 갑자기 휴대전화에서 반야심경이 요란스럽게 울리기 시작했다.

길가에서 울리기 시작한 반야심경에 놀란 토쿠테루는 다급히 전화를 받았다.

그러자 전화 너머에서는 젊은 남성, 사카마키 이자요이의 목소리가 들려왔다.

[여어, 사장님. 이번 경마의 승패, 나도 TV로 봤어. 아주 제대로 진 모양인데, 변제 기일에 댈 수 있겠어?]

"…이자요이. 너 알고서 하는 말이지?"

토쿠테루는 분한 듯이 이를 갈면서 대답했다.

사카마키 이자요이는 이때 미카도 토쿠테루가 경영하는 프리 에이전트 파견회사에서 일하고 있었다. 모형정원으로 돌아갈 방법을 찾을 때까지의 일자리를 토쿠테루에게 부탁했던 것이다.

하지만 이 프리 에이전트 회사라는 것은 사실 표면적인 얼굴에 불과하다.

그 주요 멤버는 미카도 토쿠테루, 즉 신왕 제석천이 이끄는 최강의 무신중 '호법십이천'으로 구성되어 있다. 그들은 자기 정체를 숨기고 긴급시의 용병집단으로 세계 각지에서 활약하면서 각국의 정세와 앞으로의 문제에 대응하게 되어 있다.

…하지만 3년 전에 본거지를 일본으로 옮긴 게 실수.

기본적으로 평화로운 일본에서 프리 에이전트 회사의 수요가 있을 리도 없어서, 회사는 순식간에 경영난에.

일본에 올 때까지는 돈다발로 부채질을 하는 생활을 하던 미카도 토쿠테루도 지금은 담배 한 대를 아쉬워하는 생활을 할 수밖에 없었다.

"제길…!!! 그때 3번마가 이겼으면 지금쯤 사무소 집세도 술집 빚도 다 갚고, 프리투의 빚만 어떻게든 더 기다려 달라고 사정하면 되는 거였는데…!!!"

[온 동네에 빚을 지고 살았잖아. 망나니야? 한심하기 짝이 없어.]

기가 막힌 눈치로 웃는 이자요이.

[그러니까 내 말대로 사면 좋았잖아. 말이 좋아도 기수가 너무 젊다고, 나도 우에스기도 프리투도 카르나도 만장일치였잖아. 평소 반드시 의견이 갈리는 회사인데 그때만큼은 더없는 일체감을 띠었다고 다른 세 사람도 말했어.]

피를 토하듯 푸념하는 토쿠테루와 대조적으로 놀리듯 웃는 이자요이. 얼마나 빚을 졌는지는 확실치 않지만, 숨도 못 쉬는 상황이라는 것은 틀림없는 모양이다.

[뭐, 이런 사태가 되지 않을까 했어. …참고로 사장님의 스케줄과 지갑 사정은 어떻지?]

"그런 거야 공백에 빈털터리다. 스케줄이 있으면 도박 같은 데에 손대지 않아."

[즉 열심히 일해서 갚을 생각은 있군?]

의미심장한 말에 토쿠테루는 눈썹을 꿈틀거렸다.

"…뭐야. 놀리는 전화인가 했더니 일 이야기냐?"

[그래. 간단한 사람 찾기인데, 좀 복잡한 사정이 있는 것 같

아. 수입은 대단치 않겠지만, 군소리할 상황이 아니지?]

"예이, 예이. 돈의 가게에서 만나면 되나?"

[그래. 시간은 오후 5시. 의뢰주의 이름은… 분명히 텐도 마사미(天堂正美)였던가?]

이자요이가 의뢰주의 이름을 말하자, 토쿠테루는 의외라는 얼굴을 하였다.

"텐도 마사미? …설마 그 애, 중학생은 아니겠지?"

[오, 잘 아네. 아는 사람이야?]

"아니, 면식은 없어. 내가 일방적으로 아는 것뿐이야. …하지만 그래. 그 어리던 애가 나한테 의뢰할 정도로 세월이 지났나."

뭔가 감개 깊은 듯이 턱을 쓰다듬는 토쿠테루. 그 말을 이자요이는 의아하게 여겼지만, 언급할 만큼의 호기심은 없었던 것 같다.

대충 흘려들은 그는 손목시계를 보며 시간을 확인했다.

[뭐, 얼굴을 안다면 간단하네. 돈을 많이 낼 상대는 아니지만, 지금은 좋고 나쁜 걸 따질 입장이 아니잖아?]

"알았어. 가난뱅이는 놀 틈도 없고, 일하지 않는 자는 먹지도 말라."

무거운 엉덩이를 떼서 구름 낀 하늘을 올려다보았다.

십이천으로서 본래의 역할을 다할 때까지는 이러한 생활이 계속되겠지.

그렇게 생각하기만 해도 메마른 웃음이 솟아올랐다.

헛웃음을 지으며 올려다본 하늘에서는 구름이 빠르게 동쪽으로 흘러갔다. 아무래도 폭풍이 다가오는 모양이다. 벼락을 동반한 뇌운으로 성장하는 건 시간문제일 것이다.

비가 내리기 전에 이동하자 싶어서 발을 옮기는데, 토쿠테루의 뒤에서 성실한 느낌인 여성의 목소리가 들렸다.

"토쿠테루 님, 모시러 왔습니다."

"여, 오마츠(御松)인가. 미안하네, 마중 나오게 해서."

"아뇨, 괘념치 마시길. 시바마타 땅은 제게 앞마당이나 마찬가지입니다. 송영 정도는 간단하니까요."

앞치마 차림에 품위 있게 웃는 여성, 오마츠라고 불린 여성은 경트럭에서 내려 토쿠테루가 타기 위한 문을 열었다.

조수석에 올라탄 토쿠테루는 안전벨트를 매면서 그녀에게 물었다.

"그런데 오마츠. 너 텐도 마사미라고 알아?"

"텐도 마사미? …아하, 곧잘 시바마타 타이샤쿠텐에 참배하러 오는 단발머리 아이 말씀입니까?"

"그래. 뭔가 사건에 휘말린 모양인데, 정보는 없어?"

시바마타 타이샤쿠텐이라고 불리는 만큼, 제석천은 본존으로 모셔지고 있다.

열심히 참배하러 오는 사람의 외경심은 토쿠테루에게도 닿았다.

텐도 마사미 일가는 오래전부터 시바마타에 사는 이들로, 가족끼리 절 행사에 참가하러 온 적이 많다.

그렇게 어렸을 적부터 참배하러 온 소녀가 자신에게 의뢰를 하러 왔다.

신기한 기분도 들 것이다.

안전벨트를 매고 액셀을 밟으며 오마츠는 생각하는 기색을 보였다.

"사건인지는 모르겠습니다만… 아무래도 아버지의 회사 경영이 어려운 모양입니다. 그 근처에는 서민풍의 작은 공장이 많지 않습니까? 최근 불황의 파도에 꽤나 힘든 모양입니다."

"그렇군. 이전보다 열심히 참배하러 온다 싶더니, 그런 사정이 있었나."

부모의 회사 경영이 기울어 가면서 불안한 나날을 보내고 있겠지. 이해했다는 듯이 끄덕인 뒤 토쿠테루는 오마츠와 함께 돈 브루노의 가게로 향했다.

*

돈 브루노의 가게 문을 열자, 점장인 돈이 맹렬한 기세로 떡은 얼굴을 했다.

"…오늘은 액일(厄日)인가. 악동들이 줄줄이 모여서 무슨 일이지? 못된 짓을 꾸밀 거면 가게 밖에서 해."

"아니, 그런 말 마. 평일의 한가한 시간이잖아."

건들건들 손을 흔들며 얼버무렸다. 런치 타임이나 저녁 식사 시간이 되면 돈의 가게는 급속하게 붐빈다.

이야기가 길어질 거면 다른 가게로 이동할 필요가 있을 것이다.

토쿠테루가 가게 안을 둘러보자, 안쪽 자리에 앉은 이자요이가 한 손을 들고 말하였다.

"여어, 사장님. 일찍 왔네."

"돈도 없고 담배도 없으면, 어떻게 시간도 죽일 수 없으니까."

"맞는 말이군. …응? 그쪽 앞치마 차림의 미인은 누구야?"

의아하다는 듯이 이자요이가 물었다.

오마츠는 미소 지으면서 자기소개를 하였다.

"처음 뵙겠습니다, 사카마키 이자요이 씨. 저는 시바마타 타이샤쿠텐에 사는 오마츠라고 합니다. 모형정원에 간 적은 없습니다만, 이자요이 씨의 소문은 익히 들었습니다."

윤기 있는 흑발을 늘어뜨리고 예의 바른 모습으로 인사하는 앞치마 미인 오마츠. 시대착오적이면서도 막힘없고 청렴한 그 행동거지에서는 여성의 품위가 느껴졌다.

하지만 이자요이는 그녀의 모습보다도 오마츠의 신상에 대해 놀란 얼굴을 하였다.

"시바마타 타이샤쿠텐에 사는 오마츠? …뭐야, 너 설마 **용**이야?"

"어머나, 꽤나 박식하시군요. 말씀대로 400년의 장수와 신격으로 서룡송(瑞龍松)으로 승격한 몸. 고로 가명을 '오마츠(御松)'라고 하고 있습니다."

시바마타 타이샤쿠텐의 서룡송.

이 경우의 용이란 신령을 따르는 서수(瑞獸), 즉 상서로운 동물을 말한다.

서룡송은 460년 전 절이 지어질 때에 이미 존재했다고 하는 유서 깊은 소나무이며, 그녀는 그 정령이다.

앞치마를 입고 토쿠테루의 뒤를 따르는 것을 보면 주신인 토쿠테루의 신변을 돌보기 위해 현현한 것으로 보였다.

"그렇다고 무슨 힘이 있는 것은 아닙니다. 모형정원에는 바다에서 천 년, 산에서 천 년의 수행 끝에 선룡(仙龍)에 이른 마왕이 있다고 들은 적이 있습니다만, 저로서는 도저히 그 영역에 미칠 수 없습니다. 잡일이나 좀 하는 소나무라고 생각해 주세요."

"그래, 편리한 소나무도 다 있군. 뭐, 미인이 늘어나는 건 좋아. 의뢰주도 여중생이라니까, 여자가 같이 있어 주면 마음이 편하겠지.”

“그럼 좋겠는데.”

토쿠테루가 자리에 앉는 것과 동시에 가게의 문이 열렸다.

호에이 대학 부속교 중등부의 교복을 입은 두 소녀, 소개인인 쿠도 아야토와 의뢰주인 텐도 마사미가 모습을 보였다.

“자, 마사미. 계속 그렇게 있어선 이야기를 할 수 없습니다.”

“하, 하지만 선배⋯. 정말로 신뢰할 수 있는 탐정인가요?”

“탐정이 아니라 프리 에이전트입니다. 시큐리티 서비스라고도 하지요. 제 회사도 의뢰하는 확실한 곳이니까 신뢰해도 괜찮아요.”

금발을 나부끼며 웃는 아야토와 한층 불안한 얼굴을 하는 마사미.

보통 중학생이 프리 에이전트와 관련될 일은 없을 테니 당연한 반응이다.

“점장님. 토쿠테루 씨는 왔나요?”

“왔지. 안쪽 자리에서 못된 흉계나 꾸미고 있다.”

가리키는 곳을 보는 아야토.

교복 차림의 아야토는 이자요이 일행을 보더니 복잡한 미소를 지었다.

“⋯이자요이 씨도 동석을?”

“어이, 말이 좀 그렇잖아. 사장님을 불러다 준 건 나거든?”

"거기에 대해서는 감사하고 있습니다. 제 전화는 받지 않으니까요."

찔리는 바가 있어서 눈을 돌리는 미카도 토쿠테루 사장.

아무래도 아야토에게도 빚이 있는 모양이다. 에브리씽 컴퍼니의 영애 정도 되면 포켓머니도 상당히 있을 것이다.

…그렇긴 해도 여중생에게 빚을 지다니, 어른으로서 이래도 되는가?

"으음, 일할 보람이 있겠어, 사장님!"

"맞는 말이다, 젠장. 한심해서 울고 싶어진다. …그래서 그 아가씨가 의뢰인인가?"

"예. 학생회 후배이기도 한 텐도입니다."

"아, 예, 예…!"

아야토의 뒤에 숨은, 얌전해 보이는 단발머리 소녀. 의뢰를 하러 온 것이긴 해도, 어떤 사람에게 의뢰할 것인지는 전혀 듣지 못한 모양이다.

불량해 보이는 두 남자를 보고 기가 죽은 걸까, 겁먹은 눈으로 토쿠테루와 이자요이를 보고 있었다.

"…어이. 사장 주제에 겁주면 안 되잖아."

"나 때문이냐?"

다리를 꼬고 서로 신경전을 벌이는 두 사람. 쓴웃음을 지으면서 앞으로 나선 오마츠는 텐도 마사미가 진정할 수 있도록 말을 붙였다.

"실례하겠습니다, 귀여운 아가씨. 저희는 프리 에이전트 회사 '호법십이천'의 직원입니다."

"아, 예. 그렇게 들었습니다. 하지만 일본에서는 들어 본 적이 없어서."

"후후. 일본에서는 탐정업 같은 소소한 일이 많으니까요. 이전에는 '에브리씽 컴퍼니'의 중요인물의 보디가드나, 해외에서의 조사를 맡은 적도 있답니다."

"그런 쪽으로 말하자면 현재는 우리 회사 전속에 가깝습니다만. 전화를 받지 않을 정도면 그냥 회사를 통째로 사들이는 편이 낫지 않았을까, 진지하게 생각하고 있습니다."

웃는 낯으로 스케일 큰 야유를 날리는 아야토. 그녀의 부모님의 회사인 '에브리씽 컴퍼니'라면 그 정도는 일도 아닐 것이다.

토쿠테루는 식은땀을 뻘뻘 흘리면서 고개를 돌리고, 텐도 마사미는 입을 쩌억 벌리며 놀랐다.

"아… 죄, 죄송합니다! 아야토 선배를 의심한 건 아니지만, 생활수준이 너무 달라서 이야기를 따라갈 수 없다고 할까…!"

허둥대면서 두 손을 내젓는 텐도 마사미. 아야토는 덧붙인 것뿐이지 화낸 건 아니지만, 얌전한 성격인 듯한 이 소녀에게는 화내는 것처럼 보인 듯하다.

오마츠는 우아하게 웃으면서 검지를 세웠다.

"진정하세요, 마사미 양. 이렇게 보여도 우리 회사의 사장님은 우수하거든요? 그런데 이번 의뢰는… 혹시 공장의 사장이신 아버님을 찾는 것 아닙니까?"

그 말이 딱 맞았기에 텐도 마사미는 놀라서 펄쩍 뛰었다.

"그, 그렇습니다! 이틀 전부터 돌아오지 않는 아버지를 찾아달라고 부탁하고 싶어서…!! 하지만 어떻게 그걸?!"

"우리 회사 사장님의 힘이라면 그 정도 정보 수집은 간단합니다. …어떤가요? 이야기라도 해 보심이?"

멋지게 거들어 주는 오마츠.

행동거지가 부드러운 그녀의 미소에 텐도 마사미도 냉정해진 모양이다. 역시 같은 여성이 이 자리에 있는 게 다행이었다.

의뢰인인 텐도 마사미는 이자요이와 토쿠테루의 정면에 앉아서 사정을 말하기 시작했다.

*

"실은… 아버지의 회사는 빚을 많이 져서 파산 수속을 밟는 중입니다."

"불황의 여파인가."

"내가 없는 동안에 일본도 살기 힘들어졌군. 즉 아버지는 어쩔 줄 몰라서 혼자 사라지신 걸까?"

사람을 찾는 거라면 그리 어려운 일일 리가 없다.

토쿠테루 혼자라도 그리 어렵지 않을 것이다.

히지만 텐도 마사비는 고개를 내저었다.

"아뇨, 오히려 반대입니다. 실은 갑작스럽게 변제의 길이 열렸습니다."

흐음? 소리를 내며 이자요이와 토쿠테루는 물음표를 떠올렸다.

갑자기 빚을 갚을 가늠이 섰다니, 이만큼 수상한 냄새가 나는 이야기의 뒤에 뭔가가 없을 리 없다.

토쿠테루라면 잘 알 것이다.

분위기가 바뀐 것을 느낀 두 사람은 진지한 얼굴로 귀를 기울였다.

"1주일 정도 전의 일입니다. 큐슈에 살던 먼 친척이 교통사고로 돌아가시고, 그 유산 정리를 저희가 맡게 되었습니다. 그 친척은 집도 제법 유복했던 모양이라서, 유산을 정리하면 빚을 다 갚진 못하더라도 공장을 팔고 새로운 일을 찾을 때까지의 준비금을 손에 넣기에는 충분한 금액이었습니다."

"아슬아슬하게 모가지가 붙어 있는 건가."

"하지만 그렇다면 모습을 감출 이유가 없잖아. 먼 친척의 유산은 빚을 다 갚을 정도가 아니라고 해도, 인생을 새로 시작할 정도는 된다는 거지?"

"예. 하지만 유산의 일부를 비싸게 사 주겠다는 분이 나타났습니다. …이쪽을 봐 주세요."

그렇게 말하며 꺼낸 것은 꽤 오래전의 것으로 보이는 세 개의 도자기였다.

아름답게 장식된 꽃병 두 개와, 완전한 무지(無地)에 가까운 청자 향로.

전자는 언뜻 봐도 알 만큼 정교하게 세공되었고, 세 개의 발톱을 가진 용이 그려져 있었다. 딱 보기에도 귀중한 물건이다.

그와 대조적으로 청자 향로에는 아무런 채색도 없어서 도저히 비싸 보이지 않았다.

일부러 가치를 찾아내자면, 그다지 흔치 않은 청자라는 게 특징일 것이다.

"용 그림의 꽃병과 청자 향로. 이 세 개를 합쳐서 3000만 엔에 사고 싶다는 얘기가 있었습니다."

"호, 호오. 3000만이라."

토쿠테루의 눈이 살짝 흔들렸다. 3000만이라면 그의 빚도 다 갚을 수 있다는 생각을 했을 것이다. 오마츠는 신기한 눈치로 도자기를 보면서 고개를 갸웃거렸다.

"3000만 엔…입니까? 오래되었을 뿐인 이 도자기가?"

오마츠는 생활의 일부에 불과한 도자기에 왜 그리 비싼 가격이 붙는지 이해하지 못하는 눈치였다. 당사자인 텐도 마사미도 회의적이었다.

"그게, 설명을 들은 바로는… 이 도자기는 중국 북송시대에 만들이진 깃으로, 희소가치가 크다고 했습니다."

텐도 마사미의 이야기에 아야토가 보충설명을 했다.

"북송시대의 도자기에 가치가 있다는 이야기는 저도 아버지께 들은 적 있습니다. 아버지가 최근 입수한 다기는 새 차를 석 대 정도 뽑을 가격이 붙었다고 하셨습니다."

"어머나! 회장님도 즐기시는 거군요."

"감상하는 쪽이지, 감정할 정도는 아니지만요. …텐도 마사미의 아버님은 그 매입자와 만나러 간다고 나가신 뒤로 어제부터 연락이 안 됩니다."

북송시대라고 하면, 지금으로부터 1000년 이상 전의 물건이라는 소리다.

중국 도자기가 가장 발전한 시대이며, 이 시대의 도자기는 대단히 희귀하며 인기 있는 것이 많아서, 그중에는 천문학적인 가치가 붙는 것도 있다고 한다.

도자기 매입자를 만나러 간 아버지의 소식을 알 수 없게 되었다면, 단순 실종이 아니라 사건성도 의심해야만 한다.

오늘 중에 연락이 되지 않는다면 경찰에 갈 예정이었을 것이다.

이야기를 들은 이자요이와 토쿠테루는 도자기로 시선을 옮겼다가 거의 동시에 눈빛을 바꾸었다.

"…사장, 이거 큰일인데. 이 도자기는 분명히….."

"알고 있어. 예전에 똑같은 걸 궁전에서 본 적이 있긴 한데… 큰일인데. 나로서는 진짜인지 위작인지 구분할 방법이 없어."

"…궁전?"

그 말에 곤혹스러운 듯이 고개를 갸웃거리는 텐도 마사미.

두 사람이 불온한 얼굴을 하고 있자, 아무리 기다려도 주문하지 않는 그들을 보다 못한 가게의 마스터가 핏대를 세우며 다가왔다.

"너희들 적당히 해라. 여기는 공원이 아냐. 떠드는 건 상관없지만, 자릿값으로 커피 한 잔이라도 주문하는 게 도리 아니냐?"

"아, 미안, 잊고 있었어."

"하지만 마침 잘됐네. 이거 좀 봐 주겠어, 돈? 북송시대의 물건이라고 하면서 3000만에 사겠다는 사람이 나타났다나 봐."

"아앙?"

퉁명스럽게 말하는 돈 브루노.

주문을 받으러 왔을 뿐인데, 왜 자기가 외상이 쌓인 남자 둘을 위해 감정을 맡아야만 하는가. 그런 말을 삼킨 돈 브루노는 백발 섞인 머리를 긁적이면서 도자기를 손에 들었다.

용이 그려진 꽃병을 손에 든 돈은 두 번 두드리며 도자기를 확인하더니 곧 쓴웃음을 띠었다.

"…흥. 이게 북송시대의 도자기? 아무리 봐도 청나라 때 이후의 물건이잖아."

"역시나. 제작된 지 300년 안팎이라는 거지?"

"그래. 보존 상태는 나쁘지 않지만, 역사적 가치는 그리 대단하지 않아. 용의 발톱이 세 개밖에 없는 걸 보면, 하급사관의 소유물이겠지. 두 개 합쳐서 10만 정도 할까."

"그, 그렇습니까?"

눈을 껌뻑이는 텐도 마사미.

용 장식에는 중국의 오행사상이 반영되어 있고, 발톱의 숫자는 소유자의 신분을 내보일 때에 사용되었다.

발톱이 다섯 개인 용은 황제, 네 개는 중신이나 이웃나라 등에 보내는 물건으로 알려졌다.

"그러니까 북송시대라는 건 일단 틀렸어. 소유물에 용을 장식하거나, 발톱으로 신분을 표시하는 문화는 주로 청나라 때야. 다섯 개의 발톱을 가진 용 장식이라면 황제의 소유물이니까 3000만으로도 부족하겠지만, 이 꽃병에는 그런 가치가 없어."

"하, 하지만 그렇다면 왜 3000만이라는 고가로 사들이겠다는 말이 나온 걸까요?"

"그야 사실은 이 향로를 노렸던 거겠지."

돈 브루노는 장갑을 꺼내더니 감정용 돋보기로 감정을 재개했다.

방금 전까지와 전혀 다르게 진지한 표정을 보인 돈은 아주 작은 균열이나 색깔, 속임수에 쓰는 마노를 확인하였다.

10분 정도 말없이 돋보기를 들이대며 안팎의 색깔을 확인하는 돈.

텐도 마사미는 그 모습을 보고 신기하다는 듯이 토쿠테루에게 물었다.

"저기…. 이 가게의 마스터는 감정이 취미인가요?"

"취미라기보다도 예전에 그쪽이 본업이었다고 들었어."

"유럽에서도 유명한 경매인으로 활약했지만, 마피아의 딸과 불장난을 하는 바람에 같이 동쪽 끝까지 도망 왔지."

"와아…. 현대의 로맨스네요!"

살짝 어긋난 반응을 보이는 텐도 마사미.

의미를 이해했는지는 불명이지만, 감동한 건 틀림없는 모양이다. 긴장이 풀어진 그녀가 처음으로 미소를 보이자, 이자요이도 장난스럽게 웃었다.

"로맨스라고 하자면… 뭐, 그렇지. 마피아를 적으로 돌리고 세계 각국으로 사랑의 도피행! 이라고 바꿔 말하면 로맨스로 들리기도 해."

"자기보다 서른 살이나 어린 소녀를 붙잡은 거니까 더더욱 그렇지. 나도 한 번 정도는 그런 애랑 불장난을 하고 세계 각국을 도망 다니고 싶구나."

"시끄럽다, 악동들. 조용히 좀 해!"

그 농담들에 돈은 뚱밍스럽게 두 사람에게 고함을 실었다.

평소에는 엄격한 카페 마스터로 알려진 돈 브루노지만, 예전에 경매인 겸 감정사였다는 것을 아는 이는 일본에 거의 없다.

그가 이렇게까지 진지하게 감정에 임하는 것을 보면 상당한 물건일 터.

감정을 마치고 애용하는 돋보기를 정리한 돈은 크게 한숨을 내쉬고 담배에 불을 붙이며 뜸을 들였다.

"…믿기지 않는군. 말도 안 되는 액운을 가지고 왔어, 악동들. 상대는 분명히 청자 향로를 3000만에 사겠다고 했다고?"

"그래. 그쪽은 북송시대의 물건이야?"

"그건 틀림없지만, 말을 하기 전에 몸을 숨기는 게 좋아. 그쪽의 아가씨도."

험악한 눈동자로 충고하는 돈 브루노. 이자요이와 토쿠테루는 가게 밖에 감시하는 눈이 없는지 즉각 확인하고 돈에게 시선을 되돌렸다.

"지금으로선 밖에 문제는 없어."

"경우에 따라선 즉각 움직일 필요가 있어. 이 자리에서 설명해 줘. 아무리 무뢰한인 나라도 이 도자기에 가치가 있다는 건 한눈에 알겠어. 역시 희귀한 건가?"

두 사람의 강한 요망에 돈은 떨떠름한 얼굴로 뒷머리를 긁적였다.

하지만 상황은 대충 파악한 듯했다.

체념한 듯이 향로에 손을 얹은 돈은 한숨을 섞어 가며 감정 결과를 말했다.

"하아⋯. 이놈은 희귀 정도가 아냐. 이 비 갠 뒤의 하늘 같은 천청색(天青色)에 빛의 난반사로 섬세한 광채를 보이는 표면. 잘못 볼 리가 없어. 이건 틀림없이 전설의 '여요청자(汝窯靑磁)'일 거야."

조용히 듣던 아야토는 그대로 펄쩍 뛰어오르는 게 아닌가 싶을 정도로 놀랐다.

"여⋯ 여요청자?! 세계 최고의 도자기로 평가받는 **바로 그** 여요청자입니까?!"

"그래. 만들어진 건 북송시대 후기. 마노 보석을 분말로 섞은 독특한 색깔과 도자기 색깔 중에서도 최고위로 꼽히는 '천청색'. 이 색깔은 '우과천청운파처(雨過天靑雲破處)'라고 해서, 비 온 뒤의 푸르게 갠 하늘을 표현하라는 북송시대 황제의 명령으로 만들어진 것이야. 이 색깔은 현대의 기술로도 재현이 불가능한 로스트 테크놀로지 중 하나로 꼽으며, 세계에 90점 정도밖에 남아 있지 않아. 고로 경매인이라면 위작을 한눈에 간파할 수 있겠지. 내가 있던 곳에서는 이렇게까지 완벽한 보존상태의 물건을 잘못 볼 바보는 없어."

복제 불가능하며 재현 불가능한, 세계 최고봉의 도자기.

친칭색이라고 불리지만, 그 푸른색은 결코 화사하지 않다.

여러 미술품들 사이에 있으면 묻혀 버릴지도 모르는 그 모습은 조용하고 앳되다. 보석의 광채가 아니라, 옥을 연상케 하는 차분한 기품을 품는 하늘색.

황제가 사랑한 그 색깔은 현대에서도 유일성을 계속 지키고 있다. 사라진 시대의 사라진 기술로만 존재가 허용되는 전설의 도자기. 그 여요청자가 이 향로라고 돈은 말한다.

"게다가 봐. 이 향로, 뒷면에 시가 새겨져 있잖아? 여요청자의 뒷면에 시를 새겼다는 황제는 청나라의 가장 위대한 황제로 꼽히는 '건륭제'밖에 없어. 즉 이 녀석은 건륭제의 잃어버린 컬렉션 중 하나라는 소리지."

"지, 진짜냐…! 만약 그게 사실이라면 도저히 3000만으로 끝날 물건이 아냐."

"돈. 혹시 네가 경매인이라면 이 물건에 얼마의 가치를 매기겠어? 3000만을 훨씬 넘나?"

토쿠테루가 묻자, 돈은 턱수염을 만지면서 향로를 노려보았다.

"그렇군…. 민무늬에 가까운 천청색의 여요청자라면… 아무리 싸게 잡아도 40억 정도일까?"

"……사."

40억?! 이라고 토쿠테루와 텐도 마사미가 소리치려는 것을 돈은 한 손으로 제지했다.

"아, 잠깐, 잠깐. 40억은 도자기로서의 가치**뿐**이야. 여기에 건륭제가 새긴 시와 역사적 가치를 첨부하면 더 뛰어. 50억이 되든가, 어쩌면 몇 배로 뛰어도 이상하지 않아."

토쿠테루는 완전히 눈이 풀려서 고개를 뒤로 젖혔다.

향로를 가져온 텐도 마사미도 입을 반쯤 벌린 채로 멍해졌다.

빚을 갚으면 감지덕지라고 생각했던 물건에 설마 그런 가치가 있을 거라곤 생각도 못 했을 것이다.

50억이라면 빚의 변제는 물론이고, 평생 놀고먹으며 살아도 가볍게 거스름이 남는다.

이자요이와 아야토는 그런 두 사람을 무시하고 이번 소동의 전모를 깨달았다.

"이해됐어. …말하자면 이 녀석의 아버지는 어떤 정보를 통해 여요청자의 가치를 알게 된 건가."

"예. 그리고 정당한 거래를 요구하러 갔다가 매입자에게 납치되었다."

"매입자로서는 50억짜리 도자기를 공짜나 다름없이 손에 넣을 기회가 날아가면 안 될 테니까. …제길, 생각보다 상황이 안 좋아."

"그러니까 그렇게 말했잖아. 50억이라는 금액은 사람을 죽이기에 충분하고 남아."

돈의 말에 텐도 마사미는 경악했다.

"그, 그런⋯! 우, 우리는 그런 거금을 원하지 않아요! 빚을 갚고 공장을 지킬 수 있으면 그걸로 족해요!"

"하지만 매입자 쪽은 그렇게 생각하지 않았어. ⋯분명 네 아버지도."

"그, 그런 일은⋯!!!"

"3000만으로 손을 털지 않은 걸 보면, 달리 빚이 있을 가능성도 생각할 수 있지. 회사를 팔고 빚에 몰리는 남자라면 그 점도 고려해야만 해."

냉정한 이자요이의 대답에 창백해지는 텐도 마사미.

중학생에 불과한 그녀에게는 너무 가혹한 지적이었을 것이다.

아버지에게 어떠한 사정이 있었든, 딸인 그녀가 모르는 뭔가가 있었음은 틀림없다.

이자요이의 말처럼 어딘가에 빚이 더 있었을지도 모른다.

하지만⋯ 딸인 자신은 아버지를 믿는다고, 어린 눈동자로 이자요이를 노려보았다.

눈물을 글썽이면서 필사적으로 이유를 생각하던 그녀는 입술을 세게 깨물면서 말을 이었다.

"아버지는⋯ 매우 성실한 사람입니다."

"……?"

"축제 때면 사람들과 함께 떠들고… 누가 의논해 오면 같이 고민해 주고… 부탁을 받으면 거절하지 못하는, 옛날 스타일의 성실한 분입니다. …빚이 불어난 것도 종업원들에게 어떻게든 급료를 지불하려는 고육지책이라고 들었습니다."

남들이 보면 본말전도, 어리석은 짓이라고 할지도 모른다.

종업원 전원을 먹여 살리기 위해서 빚이 커지고 회사가 기울어선 의미가 없다.

하지만 아버지의 공장은 정년 직전의 종업원이 많고, 한 번 해고되면 생활을 유지하기 어려운 이가 많았다. 옛날 스타일인 아버지에게 동료인 종업원을 자르기란 쉽지 않았던 것이다.

"성실함밖에 자랑할 게 없는, 서툰 사람이라고… 진심으로 그렇게 생각합니다. 그러니까 저도 하다 못해 서툰 아버지에게 보답하고 싶은 마음에 몇 번이나 시바마타의 절에 참배를 갔습니다. 다 자기 잘못이라고도 생각하지만, 신이라면 아버지의 서투른 성실함을 인정해 줬으면 해서 그랬습니다."

"…………."

"그런데 이렇게…!! 이, 이런 식으로 누군가에게 속고, 사, 살해되어도 되는 사람이… 아버지는 결코 그런 사람이 아닙니다…!!!"

불안이 눈물로 변하고 뺨을 따라 흘러내렸다.

계속해서 무서운 이야기를 듣고 한계가 왔을 것이다.

호에이 대학 부속교의 학생회에 뽑힐 정도니까 그녀도 우수한 학생이겠지만, 빚을 갚지 못하면 학교도 그만둘 수밖에 없다. 시바마타 타이샤쿠덴에 몇 번이나 발을 옮긴 것은 분명 그런 불안을 억누르기 위해서였을 것이다.

서투르며 성실할 뿐인 아버지를 도와줄 사람이 있다면.

그건 분명 어렸을 적부터 친숙한 토지의 신… 제석천밖에 없다고 그녀는 생각했다.

"…참 나, 어쩔 수 없군. 그렇게까지 필사적으로 부탁하는데, 아무것도 못 해 주면 주제신(主祭神)으로서 체면이 없지."

"예?"

"열심히 참배해 주는 사람이 줄어들어서 본업에 좀 소홀하셨지요."

입을 가리면서 품위 있게 웃는 오마츠와 쓸개 씹은 얼굴을 하는 토쿠테루.

뒷머리를 긁적이면서 일어선 그는 다시금 말했다.

"의뢰는 받아들이지. 다만 꽤 비쌀 거야. 성공 보수는 500만, 신뢰할 수 있는 경매인의 소개로 또 100만. 합계 600만이다."

"예, 예에?! 그, 그런 거금, 도저히 우리 집에는…!!"

"아버지도 돌아와서 무사히 옥션에 출품할 수 있다면 나쁘지 않은 금액이지? 뭣하면 옥션에 낼 때까지 아야토에게 대신 지불해 달랄 수도 있어."

"그, 그런 부탁을, 선배에게 할 수 없지 않습니까!!"

"괜찮아요."

"괜찮은 건가요?!"

"예. 다만 토쿠테루 씨가 의뢰를 완벽하게 수행하는 게 대전 제지만요. 필요 경비는 이쪽에서 써 주세요."

휙 하고 블랙카드를 꺼내어 던지는 아야토.

그걸 받은 토쿠테루는 히죽 웃으며 일어섰다.

"교섭 성립이군. 곧 실종되고 꼬박 이틀이야. 바로 움직이지 않으면 위험해."

"그런데 짚이는 데는 있어, 사장님?"

"일단은. 그 매입자들은 혹시 대륙 특유의 억양 같은 게 없었어?"

"아, 예. 지불도 홍콩 달러로 하겠다고 했을 거예요."

"헤에?"

이자요이는 눈을 반짝였다.

"일부러 홍콩 달러로 사겠다는 걸 보면 뒤에 있는 건 일본의 화교가 아냐. 매입자는 외부와의 중개자고, 뒤에는 다른 조직이 있어. 꽤나 위험한 상대인데."

"아니, 이번에는 그편이 편해. 준비는 나찰천에게 맡기지."

"예? 철선공주님에게 말입니까?"

"그래. 녀석이라면 화교의 총통과도 면식이 있어. 내가 직접 움직이면 귀찮아지니까."

오마츠가 놀라서 말하는 것을 무시하며 토쿠테루는 휴대전화를 꺼냈다.

"경찰에 신고하지 않은 이상 매입자도 간단히 손을 떼지는 않겠지. 십중팔구 저쪽에서 교섭의 연락이 올 거야. 텐도 마사미는 가족과 함께 우리 회사로 피하는 게 좋아."

"아, 예! 가족에게 연락하겠습니다!"

"좋아. 이자요이, 시간 남는 녀석 전원에게 전달해. 긴급사태다."

"오케이. 일이 거창해지겠군."

호쾌하게 웃는 이자요이.

토쿠테루는 겉옷을 입고, 이자요이와 오마츠를 데리고 서둘러 나갔다.

텐도 마사미가 놀라서 그 모습을 지켜보고 있자, 아야토가 부드럽게 껴안아 주었다.

"괜찮아요. 사생활은 옹호해 줄 수 없을 만큼 풀어진 사람이지만, 일 쪽으로는 확실합니다. 분명 아버님을 구해 줄 거예요."

"아, 예…."

휴대전화에 달려 있는 부적을 꼬옥 움켜쥐는 텐도 마사미.

아무래도 시바마타 타이샤쿠텐에서 구입한 것인 모양이다.

아야토는 슬쩍 장난기에 불이 붙은 얼굴을 하였다.

"그런데 마사미. 당신은 제석천이 어떤 신인지 알고 있나요?"

"아, 아뇨. 지위 높은 전쟁신이라는 것밖에 못 들었습니다. 아버지께 들은 이야기로는 꽤나 개구쟁이 같은 신이라고."

"후후, 그렇지요. 여자를 건드리고, 소행은 불량하고, 그런가 하면 정이 두텁고 눈물도 많죠. 그렇게 인간미 넘치는 신은 세계가 넓다고 해도 제석천 정도겠죠."

신화나 전승에 밝지 않은 이라도 제석천이 한심한 신이라는 정도는 들은 바 있으리라.

전해지길, 승려의 아내에게 손을 대었다.

전해지길, 아들의 결투를 방해했다.

전해지길, 토끼의 헌신에 펑펑 눈물을 흘렸다.

"저, 정말로 인간 같은 신이네요."

"저도 그렇게 생각합니다. 하지만 딱 한 가지 확신을 가지고 말할 수 있는 게 있습니다."

그 말에 고개를 갸웃거리는 텐도 마사미.

아야토는 검지를 세우며 미소 짓더니, 친근감 넘치는 어조로 말했다.

"제석천이라는 신은… 정말로, 진심으로 인간을 좋아하지요."

"…………."

"멀고 먼 옛날부터 인간의 곁에 있고, 인간과 함께 성장해 온 신. 지금도 인간과 질서를 지키는 호법신신으로 인간사회에 융화해서, 남몰래 우리의 생활을 지켜 주고 있다고 전해집니다."

신들의 왕, 천제, 영웅신.

인도유럽 조어권이나 중국 대륙에서 널리 믿고, 세계를 구했다고도 일컬어진다.

수많은 별명을 가진 제석천은 사람들에게 가까운 신령 중에서도 가장 위대한 신으로 꼽을 수 있을 것이다.

"그, 그렇게 대단한 신인가요?"

"예, 사생활은 정말로 난잡한 신일지도 모르지만… 마사미, 당신이 필사적으로 빌었던 신은 정말로 당신을 구해 주는 위대한 신일지도 모르거든요?"

*

그리고 시간은 되돌아가 사흘 뒤.

중화가에서 다소 떨어진 장소에 있는 빌딩은 아비규환의 도가니에 휩싸여 있었다.

[대형!! 갑작스러운 습격으로 1층 정면이 파괴되었습니다!!]

급한 소식을 전하는 보고에 측근이 내선으로 외쳤다.

"숫자는?! 놈들의 숫자는 몇 명이냐?!"

[감시 카메라가 족족 파괴되어서 정확한 숫자는 아직 모릅니다만, 확인된 숫자는 많지 않습니다! 많아야 세 명 정도!!]

측근은 안경이 흘러내릴 기세로 경악했다.

"세… 세 명이라고?! 너희는 바보냐? 그 정도 숫자에게 돌파되었다고?!"

[죄, 죄송합니다!]

"잠깐, 진정들 해라. 놈들은 소수지? 엘리베이터를 쓴 기색은 있나?"

대형이 냉정하게 묻자, 부하도 다소 냉정함을 되찾고 대답했다.

[아, 아뇨. 놈들은 계단을 쓰고 있는 모양입니다.]

"그렇겠지. 스스로의 움직임을 제한하는 초보가 아니겠지. 그렇다면 어느 층에서 산개하여 올라올 가능성이 크다. 나를 보러 온 거라면 20층까지 올라올 필요가 있지. 안 그러냐?"

[마, 맞습니다.]

"그럼 10층까지는 그냥 내버려 두었다가 방화 셔터를 죄다 내리고 위아래에서 포위해라. 그럼 놈들은 독 안에 든 쥐다."

[……! 알겠습니다. 바로 시행하겠습니다.]

대형이 사납게 웃자, 부하들은 완전히 정신을 차리고 신속하게 움직이기 시작했다.

측근을 쓱 노려본 대형은 그에게도 아래로 내려가라고 지시했다.

"여기는 나만 있으면 된다. 너는 아래에 있는 녀석들을 지휘해라."

"예. 놈들은 어쩌시겠습니까?"

"그런 놈들이야 죽이고 조각내서 물고기 밥으로 줘라."

요코하마의 바다는 뭐든지 받아들여 준다, 그런 농담을 던지면서 손을 흔드는 대형. 이 정도 습격이야 당황할 것도 없다.

만약 그가 혼란에 빠지거나 그릇된 지시를 내렸다면 혼란은 더욱 커졌을 것이다.

측근도 여유를 보이는 대형에게 안도하고 아래층으로 향했다.

대형 이외에 아무도 남지 않은 집무실에서 혼자 담배에 불을 붙인다.

연기를 크게 빨아들이고 내뱉은 대형은 창문 쪽의 벽에 몸을 기댔다.

"…참 나. 뱅뱅 도는 짓이나 하고 말이지."

정말로 귀찮다는 듯이 투덜거리면서 품에서 권총을 꺼냈다.

그리고 재빨리 돌아본 순간, 탄을 다 쏴 버릴 기세로 방아쇠를 당겼다. 유리창은 곧 산산이 깨져서 건물 밖으로 떨어지고,

중화가의 관광객은 비명을 질렀다.

탄을 다 쓴 남자는 재빨리 집무책상 뒤로 뛰어들어서 예비 탄창을 손에 들었다.

하지만 그 탄창을 창문에서 뛰어든 남자의 총탄이 날려 버렸다.

깨진 창문으로 뛰어든 남자, 미카도 토쿠테루는 곧바로 덤벼들었지만, 대형은 집무책상을 걷어차서 토쿠테루에게 날렸다.

"?!"

예상 밖의 반격에 놀랐다. 인간이 상대라고 생각해 적당히 했는데, 집무책상을 걷어차는 그 괴력은 인간의 그것이 아니다.

토쿠테루는 집무책상을 분쇄하고, 겉옷 소매 안에 넣어 둔 잭나이프를 꺼내 들었다.

대형의 어깻죽지를 노려서 던진 나이프는 아슬아슬하게 빗나가 콘크리트와 철근을 꿰뚫었다. …명백히 인간의 움직임이 아니다.

상대가 인간이 아니라는 걸 알게 된 토쿠테루는 오른손에 금강저를 꺼내어 벼락을 내뿜었다.

그리고 한달음에 거리를 좁힌 토쿠테루는 대형의 몸을 걷어차 밖으로 날려 버렸다. 이번엔 견디지 못해 날아간 대형은 이웃 빌딩의 급수 탱크에 꽂혔다.

"크, 으…!!!"

으르렁거리듯이 머리를 누르는 대형.

토쿠테루는 가벼운 동작으로 이웃 빌딩 옥상까지 날아가더니, 의아한 목소리로 물었다.

"아니, 정말로 놀랐어. 기습한다고 했는데 설마 허를 찔리다니. 너 누구야? 화교의 총통처럼 모형정원에서 건너온 자냐?"

"…설마. 우리는 바깥세계에서 태어나고, 태어남과 동시에 과거에 용이었음을 떠올린 자. 영혼의 유래는 몰라도, 육체의 유래를 묻는다면 틀림없이 이 세계의 주민이다."

토쿠테루는 여태까지의 평온하던 분위기를 뒤바꾸고 눈을 치떴다.

"…호오? 하지만 넌 모형정원에 대해 알고 있지? 그건 어떻게 된 거지?"

"무슨 뻔뻔한 소릴. 태양주권전쟁을 하는 동안, 신들의 모형정원은 운명을 측량하기 위해 측량 중의 단일세계와 거리가 지극히 가까워진다. 모형정원과 연결되면 신종이나 귀종은 물론이고 신들의 계보를 가진 자가 각성한다는 것은 상정 가능한 사태 아닌가."

그렇다, 제1차 태양주권전쟁을 벌일 때, 모형정원 세계에서 바깥세계로 유출된 전승과 영격은 적지 않다. 예를 들면 '서유기'처럼 모형정원에서 태어난 전승이 바깥세계에 영향을 미친 것은 유명한 이야기다.

"용종, 귀종, 환수종은 피와 문명 중에 섞여 들었다. 본래 결코 눈뜰 리 없는 존재지만, 희귀하게 우리처럼 모형정원에서의 기억을 가진 채로 태어나는 자들이 있지."

"용의 후예인 한민족(漢民族)은 용으로서 눈뜨는 일이 있단 말이지. …한 수 배웠군. 아직 천군도 조직되지 않은 시대였으니까. 어떠한 경로로 전승이 흩어졌는지까지는 추적하지 않았지."

토쿠테루가 감탄하며 턱을 쓸자, 대형은 괴로운 듯이 이를 갈며 품에서 붉은색 자루의 단검을 꺼냈다.

"이야기를 듣고 설마 싶었는데, 설마 진짜로 천군이라니. 그럼 네가… 네가 신왕 인드라인가!!!"

천군, 즉 호법십이천을 필두로 조직된 다국적 신군.

거기에 소속된 이상, 미카도 토쿠테루라는 남자의 정체는 하나밖에 생각할 수 없다.

토쿠테루는 자신만만하게 웃으며 끄덕였다.

"그렇지. 너처럼 세계를 넘어온 자가 못된 짓을 하지 않도록 감시하는 것도 우리의 일인데… 흠. 모형정원의 기억을 가졌다면 너도 이름 있는 용이겠지? 이런 수단으로 돈을 긁어들이려 하다니, 부끄럽지 않나?"

토쿠테루가 노려보자, 대형은 부끄러워하기는커녕 오히려

노려보았다.

"…흥. 돈이 목적이라고 보았다니 뜻밖이군. 따지고 보면 그 도자기는 황제에게서 유래한 것. 용이란 초월자인 동시에 천자의 시수(瑞獸)이기도 하다. 물건을 본디 있어야 할 마땅한 장소로 되돌린다는 당연한 사명에 그런 말을 들을 이유는 없다!"

대형이 일갈을 날리자, 그야말로 용의 포효와 같은 충격파가 일었다.

"제석천. 너는 천군을 이끄는 자로서 황제(黃帝)에게서 천제의 권위를 위양받은 자. 그럼 천자(天子)인 황제(皇帝)의 권위를 이해하겠지. 위대한 신령이라면 얌전히 손을 떼라. 안 그러면 나도 이빨을 드러낼 수밖에 없다…!!!"

삐걱대는 몸을 누르며 일어서자, 그 몸에서 용의 기운이 피어올랐다.

돈 브루노 왈, 그 여요청자의 향로는 건륭제의 잃어버린 컬렉션이라고 했다. 그는 그 컬렉션을 모으기 위해 여요청자를 빼앗으려 하였다.

그걸 위해서라면 상대가 신왕이라도 싸우겠다고 기염을 토했다.

하지만 이유를 들은 순간, 토쿠테루는 분노를 담은 눈동자로 대형을 노려보았다.

"…웃기는 소리. 너, 그러한 대의가 있으면서 법을 어겼다는 거냐."

"……읏."

솟구치는 신기가 순식간에 용의 기운을 지워 버렸다. 날아간 신기로 차원이 찢기고, 대지가 비명을 지르듯이 삐걱거렸다.

벼락을 내뿜으며 격노한 토쿠테루는 수라신불조차도 움츠러드는 눈빛으로 남자를 꿰뚫었다.

"황제의 권위라고 했나. 그래, 네가 권위의 복각을 위해 움직였다고 하지. 하지만 그 뒤에서 흐른 피와 눈물을 업신여기겠다면, 황제의 권위 따윈 종이호랑이나 다름없다. 아니, 뿐만 아니라 권위라는 그릇에 담긴 피웅덩이가 원념이 되어서 많은 화근을 낳겠지. …이름 있는 용이라면 그 광경을 몇 번이나 보았을 터."

토쿠테루의 말에 피가 날 정도로 이를 악물었다.

마지막 말은 가르침 같은 울림을 담고 있었다.

청나라 때까지 중국대륙의 역사는 왕족에 의한 혈통으로 이어지는 것이 아니라, 황제의 자리라는 권위에 의해 이어진 것이다.

수많은 민족이 패권을 놓고 다투고, 몇 번이나 융성과 멸망을 거듭해 온 그들에게 중요한 것은 피의 유일성이 아니다.

민족의 피를 모을 수 있었던, 힘 있는 황제라는 자리 그 자체다.

그것이야말로 천제라고 하는 천의이며, 천제의 자식인 황제인 것이다.

"…싸우겠다면 상관없어. 죽음으로밖에 충절을 증명할 수 없다면 어울려 주지. 하지만 여기서 손을 떼겠다면 나도 더 이상 추궁하지 않겠다. 너희의 부하도 무사히 해방하기로 맹세하지."

휴대전화를 꺼내 빌딩을 제압했음을 말하는 토쿠테루. 이게 결정타였다. 용의 기운을 거두고 짜증스럽게 하늘을 올려다보았다.

"칫…. 여기까지인가…. 어쩔 수 없지. 이것도 천제의 뜻일 테니까. 이번에는 얌전히 물러나지. 천의에는 거스를 수 없으니까."

마지막에 그런 능청을 떨었다.

토쿠테루는 느긋하게 고개를 끄덕인 뒤 이자요이에게 연락을 넣었다.

"그쪽은 어때, 이자요이?"

[애 아버지를 확보했어. 쇠약해졌지만 문제는 없어.]

"잘했다. 그대로 데려다줘. 구성원은 하나도 남기지 말고 구속해서 방치해."

[오케이.]

그런 대답이 돌아왔다.

휴대전화를 집어넣은 토쿠테루는 만족한 듯이 허리에 손을 짚고, 저무는 저녁 해를 보았다.

"이걸로 한 건 끝…이로군."

*

그로부터 또 사흘 뒤.

토쿠테루는 행복한 듯이 보수인 돈다발을 세면서 오마츠에게 전말을 들었다.

"텐도 마사미 양의 아버님 말입니다만, 무사히 퇴원했다고 합니다."

"그래, 다행이로군."

"또 공장 쪽 말입니다만, 빚의 변제와는 별개로 '에브리씽 컴퍼니'와의 신규 계약이 성립된 모양입니다. 불황의 여파로 새로운 계약 상대를 찾을 수 없었을 뿐, 공장에서 만드는 정밀한 부품의 수요는 늘어나기 시작한다고."

"오오, 그건 최고의 소식이군! 옥션에서 거금을 얻는 것도 좋지만, 건전한 돈은 건전한 노동으로 얻을 수 있는 것이니까!"

돈다발을 꼼꼼하게 세면서 기분 나쁘게 명랑한 웃음을 짓는 토쿠테루 사장.

경비와 인원의 투입으로 다소 줄었지만, 그래도 테이블 위에는 아직 450만이라는 거금이 놓여 있었다.

"이자요이와 철선공주에게 꽤 **빼앗겼지만**, 녀석들의 공로를 생각하면 어쩔 수 없지."

"철선공주님이 손을 써 주지 않았으면 타협점을 찾을 수 없었을 테니까요."

"음. 중화계 마피아는 체면을 무엇보다 중시하지. 조금 위협한 정도로는 간단히 손을 떼지 않아."

"먼저 타협점을 제시하기 위해 철선공주님을 파견하셨던 거군요. 훌륭하십니다, 제석천 님."

오마츠가 칭찬하자, 우쭐해져서 가슴을 펴는 토쿠테루.

"옥션에 출품하는 건 석 달 뒤인가. 그즈음이면 태양주권전쟁도 제2회전에 돌입했겠지. 우리도 준비를 해야만 한다."

"이 돈은 중요한 군자금이로군요."

"그래. 다음에 언제 어디서 큰 건수가 들어올지 모르니까, 이번에야말로 소중히 쓰지 않으면…."

"안녕하십니까, 아마쿠사야에서 왔습니다! 토쿠테루 씨, 계십니까?!"

콰앙!!! 하고 기세 좋게 열리는 사무소의 문.

그리고 술집 이름이 들어간 앞치마를 두른 여성과 경박하게 반짝이는 드레스를 입은 술집 여성과 돈 브루노와 쿠도 아야토, 그리고 사카마키 이자요이가 줄줄이 들어왔다.

"오오오?! 뭐야, 뭐야. 소문처럼 대박 친 모양이군요?!"

"다행이다! 토쿠가 외상을 갚아 주지 않으면 이번 달이 위험했어!"

"그건 이쪽도 마찬가지야. 가게의 수선비와 외상, 둘 다 받아 내지 못하면 장사를 접을 판이야."

"저는 딱히 아무 때라도 좋습니다만… 이렇게 되었으니 돌려받을 수 있을 때에 징수해야 한다고 판단했습니다."

척척척, 돈다발에서 빚을 받아 가는 모두들.

갑작스러운 일에 멍해졌던 토쿠테루는 퍼뜩 정신을 차리고 테이블을 내리쳤다.

"자, 잠깐만! 너희들, 얼마나 가져가려는 거야?!"

"반대로 묻겠습니다만 얼마나 빚을 졌다고 생각합니까, 토쿠테루 씨? 그리고 제 크레디트 카드, 돌려주세요."

진지한 얼굴로 오른손을 내미는 아야토에게 이를 악물 정도로 아쉬운 눈치를 보이는 토쿠테루.

빚쟁이 일동이 돈다발을 손에 들고 밖에 나갔을 무렵… 테이블 위에는 1만 엔 지폐 석 장밖에 남아 있지 않았다.

"아니… 잠깐…."

"어머나."

"으음, 역시나 사장님! 번 돈으로 착실하게 빚을 갚다니, 통이 크군!"

"이건 네 짓이냐?! 놈들에게 소문을 흘린 건 너냐?!"

멱살을 잡고 흔드는 토쿠테루와 와하핫 하고 즐겁게 웃는 이자요이.

"뭐, 자기가 저지른 일의 뒷정리지. 3만이나 남았으면 다시 복구하면 되잖아? …자, 다음에 싸울 무대가 신왕님을 기다리고 있거든?"

경마 전단지를 슬쩍 보여 주는 이자요이.

악마의 속삭임이라고밖에 할 수 없지만, 아직 프리투에게 갚아야 할 빚이 남아 있다. 게다가 전액 변제하겠다고 큰소리 땅땅 친 직후다.

"조, 좋아. 이번에야말로 신왕의 위신을 걸고 따 주고 말겠어!"

"좋았어♪ 그래서 내가 추천하는 건…"

이렇게 해서 시작점으로 돌아온 악동 둘. 빚을 갚는 길은 한없이 길고 험난할 것 같다.

제2장

"…뭐, 그런 일이 있었던 거야."

이자요이는 이야기를 마치더니, 아이스티의 스트로를 입에 물었다. 아스카와 요우는 피시 앤 칩스를 먹으면서 흥미 깊게 한숨을 내쉬었다.

"왠지… 토쿠테루 씨는 훌륭한 건지 서민적인 건지, 평가하기 힘든 사람이네. 능력 있는 매는 발톱을 감춘다고 하는 게 좋을까."

"하지만 토쿠테루 씨는 신인데도 이상하게 친근감이 있어. 내가 몇 년 동안 만난 신은 조금 더 초월자 같다고 할까, 위엄 같은 게 느껴졌는데."

"그야 전성기의 신왕님이라면 몰라도, 제석천은 친근감과 친숙함의 전승이 매력인 군신이니까. 그걸 빼면 그냥 글러 먹은 아저씨잖아."

…군신으로서, 그런 식의 신앙은 좀 문제 아닌가?

두 사람은 그렇게 생각했지만, 그건 신령으로서의 제석천과 인간의 교류법인지도 모른다. 설령 인간에게 위대한 신으로 인식되지 않더라도, 인간들이 정말로 힘들 때에 슬며시 손을 내미는, 그런 그이기에 '영웅신'이라는 별명을 얻은 것이다.

"사장님이라면 어지간한 이유가 없는 한 이야기를 들어 주겠지."

"응. 일단 물어볼게."

"아예 돈으로 고용하는 것도 수단 중 하나일지도 몰라. 신들의 왕을 빚으로 부려먹는 건 꽤 유쾌한 이야기잖아?"

맞는 말이라며 세 사람은 동시에 웃었다.

하지만, 이야기를 들으러 온 문제의 교류는 머리를 싸쥔 채로 고개를 숙였다.

"…그 멍청한 형은 전생까지 해서 뭘 하는 거야."

"응?"

"아니, 이쪽 이야기야. 그보다도 긴 이야기를 시켜서 미안해. 참고가 되었어."

교류가 자리에서 일어났다. 주위가 술렁거리기 시작한 것은 딱 그 무렵이었다.

"…응? 다들 단상을 봐."

요우의 말에 다른 세 사람도 단상으로 시선을 돌렸다.

그러자 네 사람이 식사를 하던 분수차량의 단상에 백야왕이 모습을 보였다.

"뭐야, 벌써 그런 시간인가. 그럼 조금 더 동석해 보도록 할까."

"그렇다면 제2회전의 설명?"

교류가 히죽 웃으며 끄덕였다.

백야왕의 곁에는 흑토끼의 모습도 보였다.

어쩌면 태양주권전쟁의 다음 무대가 결정된 건지도 모른다.

2회전을 앞두고 정령열차 안에서 휴식을 취하던 참가자들도 단상에 오른 백야왕에게 주목하였다.

[다들, 오래 기다렸구나! 지금부터 제2회전의 무대에 대해 설명하지! 설명 후에는 참가자들에게 '계약서류'가 배부될 테니, 소중히 보관하도록 하여라!]

부채를 펼치고 거만하게 끄덕이는 백야왕.

그녀가 두 손으로 박수를 치자, 허공에서 '계약서류'가 나타났다.

[다들 아틀란티스 대륙에서는 잘 싸웠다. 대충 예정대로 일이 진행된 것을 기쁘게 생각한다.]

'…예정대로, 라.'

눈썹을 찌푸리는 이자요이.

참가자들 앞에 나타난 '계약서류'에는 이렇게 적혀 있었다.

『제2차 태양주권전쟁 2회전 A리그

◇참가자격
· 1회전에서 생존한 자만 참가 가능.
· 1회전에서 기권한 자에게는 페널티 있음.

◇룰 개요
· 2회전은 특례로 모형정원의 **바깥세계를 무대로 한다**.
· 참가자는 2회전의 안내역이 되는 자들을 찾아서 협력을 요청할 권리를 갖는다.
· 참가자가 협력을 요청할 수 있는 안내역은 하나뿐이다.
· 원칙적으로 개시하는 시대는 '환경제어탑'의 개발 초기 시대로 한다.

◇금지사항
· 자기 목숨의 위기를 제외하고, 게임과 무관한 인간을 죽여선 안 된다.
· 퇴거할 때, 모형정원의 은혜를 바깥세계에 남겨선 안 된다.

· 바깥세계에서 '의사창성도(어나더 코스몰로지)'를 해방한 자는 엄벌에 처한다.

· 상기 사항을 위반한 자는 참가자 자격 박탈, 또는 바깥세계에서 강제 퇴거하게 된다.

◇승리조건

· 빛을 잃은 왕관에 빛을 되돌리고, '역사의 전환기(패러다임 시프트)'를 일으켜라.

◇패배조건

· 기간 안에 안내역의 협력을 얻지 못했을 경우.

· 금지사항에 저촉되어 참가자가 전원 퇴거했을 경우.

· 2회전 종료까지 태양주권을 하나도 가지고 있지 않은 경우.

태양주권전쟁 진행위원회 印』

'계약서류'를 다 읽은 참가자 일동은 그 내용에 무심코 눈을 의심했다.

"바, 바깥세계가 무대라고요?!"

아스카가 놀라워하며 질문하는 동시에 주위 자리에서도 비슷한 소리가 들렸다. 모형정원의 바깥에서 게임이 치러진다는 이야기는 들어 본 적이 없다.

모형정원의 주민들에게도 거의 전례가 없는 일일 것이다.

"게다가 이 시대… 혹시 이자요이가 나고 자란 시대 아냐?"

요우가 긴박한 표정으로 물었다.

환경제어탑의 개발 시기라고 하면 정확하게 사카마키 이자요이와 사이고 호무라가 사는 시대다.

이자요이는 내용을 거듭 읽고서 야수처럼 낮게 신음하였다.

"…뭐, 언젠가 이렇게 될 거라고는 희미하게 느끼고 있었어."

"그, 그래?"

"한 시대에 '호법십이천'이 그렇게 모여 있는 것도 이상한 소리고, 아까 말한 마피아들 이야기도 신기하게 여기긴 했어. 교류가 바깥세계 이야기를 들으러 온 것도 무관한 건 아니겠지?"

"하하, 그건 아직 비밀. 너희도 한동안은 입 다무는 편이 좋아."

검지를 세우며 수상쩍게 웃는 교류. 그 미소는 인간의 모습을 한 요괴 그 자체였다. 뱃속에 능구렁이가 앉아 있지 않으면 이런 웃음은 지을 수 없을 것이다.

이자요이도 따라서 도발적인 웃음을 띠었다.

"흐흥. 모든 건 제2회전과 관련이 있다는 소린가. 적어도 화교에 안내역이 있다고 생각해도 좋겠군?"

"노코멘트. 너한테 뭔가를 말했다간 그 한마디에서 정보를 왕창 빼앗길 테니까. …하지만 조심해. 입자체란 것에서 '하늘의 황소'를 만들 수 있다면, 그건 보통이 아닌 물건이야."

교류의 충고를 들은 이자요이의 눈동자에 진지한 빛이 깃들었다.

성진입자체 연구는 인류의 파멸을 피하기 위해 필요불가결한 연구. 앞으로의 미래에 도달하기 위해 많은 신들이 시련을 창조하고, 인류는 그 시련을 답파해 왔다.

그 최종단계에 도달하는 동시에 제2차 태양주권전쟁이 개최되었다.

인과관계를 의심하는 건 당연할 것이다.

"'인류최종시련(라스트 엠브리오)'… 마왕 아지 다카하를 쓰러뜨리는 것으로 인류가 마지막 시련에 도전할 준비는 끝났어. 바깥세계가 무대라고 해서 규모가 축소될 거라곤 생각하기 어려워."

"하하, 동감이야. 이 제2차 태양주권전쟁 뒤에서 움직이는 수라신불은 이걸 기회 삼아서 영향력을 키우고 싶은 건지도 모르지. 조심해야만 해."

충고를 마친 교류는 일어서더니 등을 돌리고 떠나갔다.

환경제어탑의 완성은 즉 제3영구기관의 완성을 의미한다.

앞으로의 인류사를 크게 고쳐 쓸 최대의 수렴점이 될 것은 틀림없다. 이 수렴점에서 공적을 세운 신군은 모형정원의 패권을 쥐기에 마땅한 힘을 얻게 될 것이다.

"태양주권을 다투는 행위에도 어떤 의미가 있다고 생각하는 게 좋아. 마지막 순간에 무슨 반격이 올지 모르고."

"…이자요이 군이 그렇게 말한다면, 지금부터 경계해 두는 게 좋겠네."

"응. 하지만 지금은 안내역에 대해 고찰하는 게 선결. 안내역을 만나지 못하면 2회전에 참가할 수도 없어."

요우는 '계약서류'의 내용을 손가락으로 짚어 가다가 룰 개요 항목을 두드렸다.

요우의 의견에 두 사람도 수긍하며 동의했다.

"안내역의 협력을 얻지 못한 커뮤니티는 무조건 패배가 되니까, 최우선인 건 틀림없어."

"하지만 안내역이라고 해도, 그 말만으로는 알 수 없어. 조금 더 힌트가 필요해."

"그래? 적어도 힌트는 제시되었다고 생각하는데? 여기 봐."

그렇게 말하며 룰 개요 부분을 두드리는 요우.

"'참가자가 협력을 요청할 수 있는 안내역은 하나뿐이다'. 이 부분에서 '**한 명**'이 아니라 '**하나**'라고 센 것은 이유가 있다고 생각해."

"나도 카스카베에게 동의. 아마도 이 안내역이란 것은 '개인'과 '조직', 양쪽을 가리킨다고 추측할 수 있어. 바깥세계에서 '천군'과 연대를 취하는 조직이 달리 더 있다는 소리야."

짝 하고 손뼉을 치는 쿠도 아스카.

"충분히 그렇겠네…. '호법십이천'도 그렇지만, 내 출자자도 바깥세계에서 공안조직을 맡고 있다고 그랬어."

"어?"

"바깥세계의 공안?"

이자요이와 요우는 눈을 둥그렇게 뜨고 놀랐다. 그녀의 출자자에 대해서는 처음 들었기 때문이다. 그리고 지금에 와서야 아스카가 다른 커뮤니티의 인재라는 걸 떠올렸다.

"아~…. 이런, 내가 그만 그리운 마음에 잊고 있었어. 아가씨는 다른 커뮤니티니까, 일부러 안내역의 해석에 대해 가르쳐 줄 필요도 없었나."

"흐흥. 이제 와서 무슨. 그들에게 정보를 공유해 주면 금방 안내역도 발견될 거야. 이걸로 한 걸음 리드한 걸까?"

흑발을 쓸어 올리며 자랑스럽게 웃는 아스카.

출자자는 게임에 참가할 수 없지만, 참가자를 지원할 수는 있다.

바깥세계와 통하는 커뮤니티가 출자하는 참가자는 제2회전에서 큰 어드밴티지를 얻을 수 있다고 생각해야 할 것이다.

하지만 이자요이는 자신만만하게 웃었다.

"그럴까? 이번 무대는 내 본고장이야. 그런 점에서는 이쪽이 유리해. 최첨단 문명에 아가씨가 따라올 거라고는 생각하기 힘든데?"

"그건 다른 커뮤니티도 마찬가지 아닐까? 나는 고작 수십 년밖에 차이가 없지만, 다른 커뮤니티는 수백 년, 혹은 수천 년이나 문화가 다르잖아?"

"후후, 그래. 하지만 아스카와 이자요이의 시대는 경제의 고도성장기를 사이에 두고 있잖아? 분명 아스카도 눈이 동그래져서 놀라지 않을까?"

감자칩을 씹으면서 즐겁게 웃는 요우.

다른 참가자들도 곳곳에서 '계약서류'에 대한 고찰을 하고 있다.

은발을 나부끼면서 단상에 선 백야왕은 차분한 얼굴로 두 팔을 펼쳤다.

[자⋯. 제2회전의 '계약서류'가 나오면서 연회도 무르익었다만, 여기서 내가 할 말이 있다. 참가자도 희미하게 깨달았을 현황, 즉 바깥세계에서 일어나는 거대한 사건과 **모형정원의 미래에 대해서다.**]

정령열차 곳곳에서 술렁거림이 일었다. 모두가 그것에 대해 의문을 품고 있었지만, 확신에 이르는 정보를 가진 참가자는 극소수다.

이자요이 일행이 가진 정보도 전모를 알 정도는 아니다.

그것을 설마 **바로 저** 백야왕이 언급할 거라고는 생각도 하지 못했을 터.

분수가 있는 차량에서 이야기를 듣던 이자요이는 오른손에 든 아이스티 컵을 세게 움켜쥐며 단상을 바라보았다.

"…놀랍군. 백야차는 바깥세계의 일이야 아무래도 좋은 건가 싶었어."

"어머, 왜 그렇게 생각해?"

옆에서 홍차를 마시던 아스카가 의아하게 묻자, 이자요이는 어깨를 으쓱였다.

"아니, 저 녀석, 진짜 우주진리(브라흐만)잖아? 모형정원이라는 세계의 특이성 덕분에 우리와 대등하게 말하는 걸로 보이지만, 여태까지 싸워 온 적의 총전력을 가볍게 뛰어넘는 초초특급의 마왕이야. 지구의 안달복달이나 인류의 미래 같은 건 백야차에게 모래만 한 가치도 없잖아."

조금 난폭한 말이지만, 이건 흔들림 없는 사실이다.

성령과 용종은 신령과 달리 자기 존재를 확립하기 위한 상호 관측자를 필요로 하지 않는다.

성령의 상위종에 해당되는 브라흐만이라면 더욱 그렇다. 지구의 존망 따윈 별것 아니라고 무시해도 어쩔 수 없다.

인류가 멸망해도 이 두 종의 존속에 아무런 문제도 없으니까.

고로 백야왕은 적극적으로 문제 해결에 임하지 않을 거라고 이자요이는 생각하고 있었다.

"백야차가 이렇게까지 해결을 위해 움직이는 걸 보면, 바깥 세계의 문제는 상당히 귀찮은 사상(事象)이 겹쳐 있다는 소리 야. 혹은 성령이 바깥세계에 간섭할 수 없는 계약이 존재할 가 능성도 있어."

"그런가. 다른 별의 사정에 나서지 않는다든가, 그런 규정이 있을지도."

말린 과일을 씹으면서 동의하는 카스카베 요우.

푸른 별의 반성령이나 그 혈족의 집대성인 마왕 티포에우스 등의 적이 나온 이상, 다른 성령들이 어떤 입장에 있는지 알 필 요는 있다.

어찌 되었든 백야왕이 직접 바깥세계를 언급하는 건 여태까 지 없었던 일이다.

평소에는 장난스러운 이미지가 강한 백야왕이지만, 그녀가 제대로 싸움에 참전하면 이자요이 일행 따윈 한순간에 사라질 것이다.

지난번 태양주권전쟁의 우승자이며 비할 데 없는 힘을 가진 하얀 밤의 마왕.

백야왕은 지금도 신들의 모형정원에서 절대적인 힘과 영향력을 가지고 있다.

세 사람은 백야왕의 이야기를 듣기 위해 대화를 멈추고, 다음 말을 기다렸다.

백야왕은 어디서 꺼낸 건지 모를 마이크를 입에 대고 머쓱한 얼굴로 말하기 시작했다.

[과거에 내가 마왕으로 날뛴 것은 다들 알고 있겠지. 고로 이런 이야기를 해도 믿어 주지 않을지 모르지만….]

말을 일단 끊었다.

눈을 감고 깊이 숨을 들이마신 백야왕은 조용한 목소리로 말했다.

[나는… 모형정원의 도시를 사랑하고 있다.]

"……?"

[지금은 많은 종족이 뿌리를 내리고, 많은 문명, 많은 사상, 많은 신앙이 싹튼 모형정원의 도시지만, 처음부터 이런 식으로 번영했던 것은 아니다. 처음에는 성령들밖에 없었던 이 세계에 용종이 찾아오고, 신령이 나타나고, 많은 동물들이 이 세계로 이주하고, 지금의 모형정원 세계를 만들었다. 결코 모든 게 잘 풀렸던 것은 아니지만… 그래도 지금 모형정원의 모습을, 역사를, 번영을, 모든 것을 나는 사랑한다.]

백야왕의 말에… 그 고백에 자리는 고요해졌다.

그리고 누구보다도 이자요이가 놀랐다. 방금 전에 '성령은 지금 상황에 무관심하다'라든가 '인류의 미래에는 모래만 한 가치도 없다'고 말했는데 이런 고백이 나온 것이다.

게다가 백야왕은 부끄러움 없는 진지한 눈동자로 모두에게 말했다.

[마왕 '폐쇄세계(디스토피아)'.

마왕 '천동설'.

마왕 '절대악(아지 다카하)'.

모형정원의 미래를 계속 위협해 온 인류최종시련이 타도된 지금, 남은 것은 타임리밋을 알리는 '퇴폐의 바람(엔드 엠프티네스)'뿐. 그리고 거기에는 상호관측자의 미래가 보장되어야만 한다. 상호관측자의 미래가 보장되지 않으면 모형정원 도시의 미래는 보장되지 않는다.]

"…………!"

정령열차에 있는 많은 이들이 표정을 흐렸다. 바깥세계와의 관계성에 대해서는 다섯 자리 이상의 주민이라면 모두가 알고 있다.

인류가 멸망하면 이 모형정원 도시는 붕괴한다.

거기에는 선도 악도 없다.

잘못이 있든 없든, 바깥세계가 멸망하면 이 도시는 근간부터 괴멸한다. 모형정원의 주민이 도와주려고 해도 손을 내밀 수도 없이, 끌려가듯 멸망해 버리는 것이다.

모형정원의 주민이라면 불안하게 여기는 게 당연할 것이다.

하지만 그런 불안을 날려 버리듯이 백야왕은 부채를 펼치고 말하였다.

"고로 나는 여기서 선언한다! 나는 내가 사랑하는 세계를 지키기 위해서라면 모든 수단을 행사하지! 모든 외적을 멸하지! 모형정원의 미래는 이 백야왕이 있는 한, 결코 누구도 침범할 수 없다!"

"배, 백야차 님…!"

승객들의 표정이 환희로 바뀌고 안도의 목소리가 오갔다.

성령 중에서도 상위종에 해당되는 그녀가 모형정원의 도시를 지키기 위해 전력을 다하겠다고 선언했다. 과거 최강의 '계층지배자'로 모형정원의 수호에 임했던 그녀가 다시금 질서의 수호자로 군림한다면, 이만큼 모형정원 주민들에게 든든한 일도 없다.

정령열차가 순식간에 환성으로 휩싸이고, 백야왕을 칭송하는 목소리로 넘쳐 났다.

부채를 펼친 백야왕은 크게 웃으며 자기 신앙을 드높였다.

요우와 아스카는 참가자를 제쳐 놓고 열기가 오르는 무대의 분위기에 쓴웃음을 지을 수밖에 없었다.

"갑자기 무슨 소리를 하나 했더니… 결국 평소의 백야차였네. 이자요이 군이 이상한 소리를 꺼내니까 긴장했잖아."

"끝나고 보니 그냥 모형정원을 사랑한다는 선언이었네. 그렇긴 해도 참가자를 무시하고 신앙을 모으다니, 가만둘 수 없어. 나중에 주스 얻어 마셔야지."

군것질거리를 바닥낸 요우는 손가락을 날름 핥으며 동의했다.

제2회전의 '계약서류'가 배포되었을 뿐인데 정령열차는 백야왕에게로 화제가 넘어갔다. 내일 호외 1면은 틀림없이 그녀가 되겠지.

모형정원의 위기는 이제 다 물러갔다는 듯한 기세다.

이래서는 참가자가 설 자리가 없다.

아스카는 이자요이에게 푸념하려고 시선을 돌렸다가, 입가를 누르며 말을 삼켰다.

환성으로 들끓는 광장에서 유일하게, 사카마키 이자요이만이 백야왕의 말에 분노를 드러내고 있었기 때문에.

"모든 **외적**을 멸한다…라."

"…이자요이 군?"

"왜 그래? 화날 만한 말이 있었어?"

"아니, 별로. 그냥 내 생각이 적중할 것 같아서 조금 짜증이 났던 것뿐이야."

어깨를 으쓱이며 표표한 기색을 보이는 이자요이. 하지만 지금의 노기는 틀림없이 진짜였다.

불만을 품기 쉬운 성격인 이자요이지만, 눈에 보일 만한 노기를 온몸으로 드러내는 일은 별로 없다. 지금 백야왕의 발언에 뭔가 생각하는 바가 있었을지도 모른다.

드르륵! 하고 거친 소리를 내며 자리에서 일어선 이자요이는 요우를 노려보았다.

"미안, 카스카베. 역시 먼저 갈게. 커뮤니티의 도우미는 꼭 보낼 테니까, 얼른 바깥세계로 가고 싶어."

"어, 싫은데. 쉬고 싶어."

눈썹을 찌푸리는 카스카베 요우.

추욱 어깨를 늘어뜨리며 쓴웃음을 짓는 이자요이.

오랫동안 두령과 연맹 맹주를 계속해 온 그녀에게 휴가는 사활이 걸린 문제일 터.

하지만 이런 때 이자요이의 행동은 무시할 수 없다는 걸 요우도 알고 있다. 약속을 뒤집으면서까지 이자요이가 직접 움직인다는 소리는 이자요이밖에 해결할 수 없는 문제일 것이다.

옆에서 이야기를 듣던 아스카는 쓴웃음을 지으면서 오른손을 들었다.

"어쩔 수 없네. '노 네임'의 일은 나도 도울게. 아르마나 멜른도 본거지가 어떻게 되었는지 보고 싶겠고."

"어…. 아스카가 돌아와?"

"그래. 안내역의 수사는 내 출자자라면 특기 분야야. 내가 직접 찾는 것보다도 그들에게 부탁하는 게 확실해."

요우는 여태까지 본 적이 없을 정도로 환한 표정을 하였다.

"그, 그래…! 아스카가 돌아오는구나…!!"

이자요이가 돌아온다고 들었을 때와 차이나는 반응에 이자요이는 쓴웃음을 지었지만, 그걸 가지고 놀릴 분위기가 아니다.

"그럼 좋아. 이자요이는 멋대로 움직여. 나는 아스카랑 같이 놀고 올 테니까."

"어이, 어이. 놀러 돌아오는 게 아니잖아."

"놀 수 있게 노력할 거고. 아스카랑 놀 시간은 꼭 만들 거고. 됐으니까 이자요이는 얼른 가. 급하댔잖아?"

휙 고개를 돌리는 요우. 아무래도 토라진 모양이다. 모처럼 세 사람이 모였는데 같이 있는 시간이 거의 없었으니까, 화내는 것도 어쩔 수 없을 것이다.

이자요이는 머리를 벅벅 긁은 뒤에,

"알았어, 알았어. 지금 서둘러도 소용없지. 며칠이라도 좋다면 나도 운영을 거들게."

"응, 얌전해서 좋아."

"이자요이 군은 너무 뛰어다니다가 앞이 보이지 않게 될 때가 있어. 지금은 '노 네임'의 운영을 깨끗하게 정리하고서 카스카베 양과 보폭을 맞추는 게 중요하다고 생각해."

손을 절레절레 흔들면서 수긍하는 이자요이.

피폐한 것은 어느 커뮤니티고 마찬가지다.

지금 조급하게 굴어도 본선이 시작될 때까지는 어느 커뮤니티든 휴식에 들어가 있을 것이다.

'노 네임'의 문제를 해결해 두는 것은 앞으로의 활동을 돕는 일이기도 하다.

오래간만에 집으로 돌아가는 것도 나쁘지 않다.

1회전이 끝나고 마음을 새롭게 다진 세 사람은, 오랜만에 '노 네임'의 본거지에 돌아가기로 했다.

바깥세계에서 기프트 게임을 하게 되다니, 완전히 예상 밖이네.

응. 하지만 이자요이의 시대에는 조금 흥미가 있어.

쇼와 시대 사람과 미래인이 와 준다니 영광스러울 따름…이라고 하고 싶지만, 그렇게까지 보고 다닐 만한 게 있는 것도 아냐.

그렇지 않아. 이자요이 군이 살았던 시대인 것만으로 재미있을 것 같으니까.

응. 왠지 특별한 느낌이 있어.

그래, 멋대로들 말해라. 그보다 이 '계약서류'의 서두, 뭔가 위화감 없어?

위화감?

그건 나도 생각했어.
이 'A리그'라는 게 무슨 말일까?

지금은 설명 안 할 모양이지만,
'A리그'가 있다면 'B리그'나
'C리그'가 있을 가능성도 무시할 수 없지.

제1회전의 무력, 용기 부문도 아직
미발표고, 무대를 여러 개로 나눠서
행하는 걸지도 몰라.

우리는 셋이 다 A리그란 거네.
후후, 이번에야말로 이름을 드높이겠어!

그건 이쪽이 할 말이야.
아가씨에게는 아직 질 수 없지.

하지만 그 전에….

일시휴전! '노 네임'에서 휴가다!

라스트
엠브리오
Last Embryo

제 3 장

동쪽.　　　　　외문.

　다음 게임이 시작되기까지의 짧은 휴식 기간에 들어갔기에 각 커뮤니티는 휴식을 위해 자기 본거지로 귀향하였다.

　쿠도 아스카도 카스카베 요우와 약속한 대로 '노 네임'의 본거지로 향하였다.

　여기는 페리도트 거리를 지난 곳에 있는, 다소 오래된 카페.

　'여섯 개의 상처'가 경영하는 그 카페의 테라스까지 온 아스카는 감개 깊은 듯이 끄덕이며 자리에 앉았다.

　"하아…. 이 카페도 꽤 오래간만이네. 이 장소에서 다음에 참가할 게임에 대해 회의했던 것도 그립게 느껴져."

　아스카는 큰 가방을 한 손에 들고 카페를 올려다보았다.

　그리고 갓 소환되었을 무렵을 떠올리며 눈을 가늘게 떴다.

소환된 당초에는 모형정원에 대해 잘 모르는 채로 이자요이와 요우와 함께 무턱대고 기프트 게임에 참가하였다.

'페르세우스'에게 도전하고, 성령 알골과 싸우고.
북쪽의 '화룡탄생제'에서 '흑사반의 마왕'과 싸우고.
남쪽의 '언더우드' 수확제에서 거룡과 싸우고.

'……. 돌이켜 봤는데, 예전이고 지금이고 별다를 것 없네.'
팔짱을 끼고 쓴웃음을 지었다.
소환되었을 무렵부터 문제아들은 문제아인 채였다.
어떤 거대한 적이라도 겁먹지 않고 자기 스타일을 지킨 채 싸웠고, 싸워 왔고, 승리해 왔다.
분명 여태까지 그랬던 것처럼, 앞으로도 쿠도 아스카는 그렇게 싸워 가겠지.
홍차를 한 잔 주문한 아스카는 잠시 동안 그리운 풍경을 즐긴 뒤에 '여섯 개의 상처'의 카페를 뒤로했다. 3년 전보다 조금 발전한 페리도트 거리를 지나서 '노 네임'의 영지를 향해 걸었다. 과거에는 황폐하던 길도 지금은 예쁘게 포장되어 있다.
풀도 나지 않는 그 죽음의 땅을 용케 여기까지 되살려 냈다고 감탄하였다.
스커트를 나부끼면서 경쾌한 발걸음으로 문 앞까지 도달하자, 거기에는 문지기인 듯한 여성과 외뿔의 유니콘이 기다리고 있었다.

'어머…. 모르는 얼굴이 있네.'

유니콘과는 이전에도 만난 적이 있다. 꽤 오래전에 한발(旱魃)의 요괴에게서 구해 준 적이 있었는데, 그때 만났던 이들 중 하나인지도 모른다.

문지기 여성과 유니콘이 아스카를 보더니 자세를 바로 하고 질문을 던져 왔다.

"잠깐. 여기서부터는 동쪽의 '계층지배자'인 '노 네임'의 영지다. 일단 이름을 밝히고 용건을 말해라."

"어머나, '노 네임'을 한동안 떠나 있던 사이에 꽤나 위세가 강해졌네. …나는 쿠도 아스카. '노 네임'의 이전 일원이야. 지금은 독립했지만."

경계하던 문지기는 눈을 크게 뜨고 경례했다.

"실례했습니다. 두령님의 친구분이시군요? 통행허가는 나와 있습니다. 들어가시지요."

"고마워."

문지기와 유니콘이 지켜보는 가운데 문을 지났다.

과거의 그 황폐한 거리는 이제 어디에도 존재하지 않았다.

눈을 크게 뜨고 바라볼 만큼 아름다운 외관의 집들이 늘어서고, 대로에 줄을 이은 파스텔 컬러가 선명했다. 행상인을 찾아

온 상인들은 여러 상품을 거래하고 있었다.

3년 전과 전혀 다른 풍경에 아스카는 눈을 반짝이면서 감탄사를 올렸다.

"대… 대단해! 이 정도로 부활했을 줄은 상상도 못 했어!"

손뼉을 치며 기뻐하는 아스카에게 놀라는 주민들. 아스카는 다급히 양손을 뒤로 돌리고 얌전히 가도 가장자리로 이동했다.

다시금 거리를 둘러본 아스카는 크게 숨을 내뱉었다.

'그래. 차마 못 볼 지경이던 그 거리들은 이제 어디에도 없어.'

하얗게 메마른 나무들과 황량한 길거리.

죽음에 이른 농원에는 모래와 자갈밖에 존재하지 않았다.

'계층지배자'로 임명된 뒤로 이주해 오는 주민이 늘었을 것이다. 혹은 한때 떠났던 '노 네임'의 이전 멤버들이 돌아온 건지도 모른다.

가벼운 마음으로 거리를 걷고 있자, 멀리서 그리운 목소리가 들려왔다.

"너무 싸!! 이번에는 자신작이니까, 최소한 '사우전드 아이즈'의 은화 두 닢!!"

"가, 가능하면 은화 두 닢과 동화 한 닢!!"

"어, 어어…?! 여전히 세게 나오네, 아샤와 윌라는!"

양복 차림으로 상인을 다그치는 두 파랑 머리 소녀.

아스카는 낯익은 파랑 머리에 놀라움의 목소리를 내었다.

"아샤! 그리고 윌라!"

"음? …우와, 누군가 했더니 아스카잖아! 건강했어?!"

"물론. 두 사람 다 잘 적응했나 보네."

"응. 크로아 씨랑 요우가 아주 친절하게 대해 준 덕분."

상인에게 대금을 받은 두 파랑 머리 소녀, 아샤 이그니파투스와 윌라 더 이그니파투스.

그녀들과는 예전에 마왕 아지 다카하가 '황염의 도시'에서 날뛰었을 때나 레티시아가 마왕으로 전락했을 때에 함께 싸웠던 사이다. 그녀들과 '잭 오 랜턴'이 없었으면 문제아 셋은 살아남기 어려웠을 것이다.

"으음, 정말 오래간만이야! 자, 들어와, 들어와! 요우랑 이자요이도 금방 부를 테니까!"

"고마워. 그럼 기꺼이 받아들일게."

두 사람은 주먹을 불끈 쥐면서 가게 안으로 아스카를 불렀다. 그리고 자리를 권하더니, 흥미진진한 얼굴로 주권전쟁에 대해 물었다.

"그래서 태양주권전쟁은 어땠어? 참가하고 왔지?"

"뭐, 그래. 하지만 거의 활약할 수 없었어. 역시 세상은 넓어."

"괜찮아. 신경 쓰지 않아도 돼. 모형정원은 넓고, 위를 보면 끝이 없어. 활약할 수 없었던 걸 부끄러워해야 한다면, 3년 동안 나는 정말 수치밖에 없는걸."

시선을 흐리는 윌라. 든든한 양부모였던 잭 오 랜턴은 이제 없다. 커뮤니티의 우두머리로 필사적으로 버티고 있는 상태일 것이다.

장사도 당연히 중요하지만, 모형정원의 꽃은 역시나 기프트 게임으로 정해져 있다.

'윌 오 위스프'에는 일류 플레이어가 재적해 있으니까, 그 규모가 작다고 해도 북쪽에서도 한 수 위로 쳐 주고 있었다. 윌라도 일류라고 부를 만한 능력을 가진 플레이어지만, 아직 경험치가 부족하여 미숙한 일면도 있다.

공간도약은 톱클래스의 응용력을 갖는다.

전투능력도 보증되어 있다.

하지만 공간도약에 너무 의존하는 전투법 때문에 꼬리를 잡히기 쉬운 것이다.

"카스카베 양과 이자요이 군은 언제쯤 올 것 같아?"

"한 시간 뒤 정도가 아닐까? 오늘은 애초부터 흑토끼를 포함한 다과회 약속이 있어서."

"우와아아아아아아아, 소하고 말이 날뛴다아아아아아아!!!"

절규와 함께 돌진해 오는 두 마리의 대형동물.

두 마리 모두 평범한 소와 말을 훨씬 웃도는 체구로 이쪽을 향해 돌진해 왔다.

아스카는 즉각 기프트 카드를 꺼내었지만, 그보다 먼저 두 마리의 머리 위에 토끼 귀의 그림자가 뛰어들었다.

"거~~~기까지입니다, 두 마리 다!!"

"흐, 흑토끼?!"

쭈욱! 하고 토끼 귀를 뻗으며 두 마리의 고삐를 잡았다.

어린 소녀의 모습이지만, 그 전투능력은 확실히 보장되어 있다.

작은 몸으로 두 마리를 순식간에 제지하여 움직이지 못하게 만든 흑토끼는 빛나는 땀을 닦으며 활짝 웃었다.

"좋아, 좋아, 착하지요. 얌전히 있으세요…. 어라, 아스카 씨?! 예정보다 일찍 도착하셨네요! 어떤가요, 이 새로운 거리 의 모습은!"

"아주 멋진 거리가 되어서 기뻐. 카스카베 양이 정말 애썼네."

"YES! 요우 씨는 거리를 크게 만들기 위해 각지의 트러블 해 결에 적극적으로 움직여 주셨습니다! 입구를 유니콘이 지키고 있는 것도 요우 씨가 사건을 해결해 준 덕분이지요!"

기쁜 듯이 두 손을 흔드는 흑토끼.

카스카베 요우가 동쪽의 '계층지배자'로 훌륭히 일한다는 이 야기는 자주 들었다.

많은 커뮤니티를 찾아가고 힘을 빌려주며, 다른 지방에서도 이름을 떨치고 그 힘을 각지에 보였을 터.

아스카는 흥미 반, 약간의 선망과 질투의 마음을 섞으며 물었다.

"참고로 그 유니콘이랑은 어떻게 알게 된 거야?"

"어머머, 아스카 씨가 알아보기는 좀 어려웠나요. 그분은 예전에 '한발'의 습격을 받은 것을 문제아님들이 구해 준 유니콘입니다!"

아스카는 이해했다는 듯이 손뼉을 쳤다.

"그럼 그때 구해 준 유니콘이 일부러 와 주었다는 이야기일까?"

"YES! 실은 그 뒤로 인연이 있어서… 지금은 요우 씨가 외출하실 때면 나서서 등에 태워 주시곤 합니다!"

흑토끼의 말에 아샤가 흥미 깊은 얼굴을 하였다.

"헤에…. 그 유니콘이 '노 네임'에 오게 된 이유는 아직 들은 적이 없었어. 재미있을 것 같네. 요우가 올 때까지 이야기 좀 들려줘."

"오늘은 과자도 있어. 오믈레트를 구워 왔어."

윌라가 오믈레트를 꺼내자, 아스카는 눈동자를 빛내며 앉았다.

"오믈레트…! 3년 전의 게임이 떠올라서 기뻐지네."

"흐흥, 그때와 똑같다고 생각하지 마. '노 네임'의 영지를 일부 빌려서 만든 특제 펌프킨 크림을 듬뿍 먹어 봐."

달그락달그락 식기 소리를 내면서 홍차와 오믈레트를 늘어놓았다.

"그런데 아스카는 뭐 재미있는 이야기 없어?"

"나, 나? 나는 딱히… 아니, 하나 있어."

어흠 소리를 내며 조금 부끄러운 듯이 헛기침을 하는 아스카.

등을 쭉 펴고 진지한 시선을 세 사람에게 향하는 그 모습에서는 뭔가 중대한 결의 같은 것이 느껴졌다. 흑토끼, 윌라, 아샤도 따라서 등을 쭉 폈다.

크게 심호흡을 한 아스카는 스스로에게 기합을 넣듯이 선언했다.

"저, 쿠도 아스카는… 앞으로 석 달 뒤에 북쪽의 '계층지배자'에 임명되기로 결정되었습니다."

"어…?!"

"뭐…?!"

"뭐라고요?!"

세 사람 다 펄쩍 뛰며 놀랐다.

특히나 흑토끼는 토끼 귀를 세우면서 뭔가 떠오른 것처럼 일어섰다.

"그, 그렇습니다, 떠올랐습니다! 분명히 '계층지배자' 권유를 받았다는 이야기를 아틀란티스 대륙에서 슬쩍 말하였습니다!"

"그, 그때는 재회로 흥분했으니까 정말로 무심코 말했어. 하지만 이번에는 정식 결정이야. 북쪽과 남쪽, 양쪽에서 제안을 받았지만, 북쪽의 제안을 받아들이기로 했어."

"우와, 크게 출세했잖아. 커뮤니티의 이름과 깃발은 어떤 걸로 하기로 했어?"

"그, 그건 아직 준비하지 않아서⋯."

"저, 전대미문⋯!"

경악하는 윌라와 아샤. 즉 거의 무명인 채로 '계층지배자'로 발탁되었다는 소리다. 하지만 그런 일은 절대로 있을 수 없다.

분명 아스카가 수행을 하며 돌아다니는 동안 그녀가 인식하지 못하는 공을 세웠을 것이다.

"이거 아스카에게서도 이야기를 들어야만 하겠네. '계층지배자'로 발탁될 정도니까 대모험의 연속이었을 게 틀림없어."

"YES! 아스카 씨의 대모험이 어떤 것이었는지 듣지 않으면, 흑토끼의 토끼 귀가 가만히 있지 않습니다!"

"아, 알았어, 알았으니까! 하지만 일단은 현역 '계층지배자'의 이야기를 들어 보고 싶어. 일단 유니콘 이야기를 들려주지 않겠어?"

"YES! 그렇다면 요우 씨와 이자요이 씨가 올 때까지 불초 흑토끼가 이야기를 하도록 하겠습니다."

토끼 귀를 세우면서 가슴에 손을 대는 흑토끼.

흑토끼는 예의 바르게 의자에 앉으면서 어흠! 하고 헛기침을 하였다.

"실은 요우 씨는, 주권전쟁을 눈앞에 두고 한 달 정도 행방불명되었던 것입니다."

"뭐?"

아스카는 귀를 의심했다.

'계층지배자'로 임명된 요우에게는 수많은 업무가 존재한다.

그걸 모두 내팽개쳤다는 소리일까?

"그건… 호기심이 동하는 이야기네."

"그렇죠, 그렇죠! 일단 유니콘 씨의 이야기를 한 뒤에 아스카 씨의 이야기를 듣도록 하겠습니다!"

세 사람이 귀를 기울이는 가운데, 흑토끼는 조용히 말하기 시작했다.

이것은 지금으로부터 반년 정도 전, 카스카베 요우가 모습을 감춘 직후의 일.

흑토끼와 샤로로 건덕이 행방불명된 카스카베 요우를 찾으러 나섰을 때의 이야기.

Last Embryo

'저 절벽 너머에서 카스카베 요우인 듯한 사람을 보았다'.

그것이 그녀의 마지막 목격 정보였다.

대연맹의 맹주, 카스카베 요우가 행방불명된 지 한 달.

훌쩍 모습을 감춘 카스카베 요우를 찾는 흑토끼와 '여섯 개의 상처'에 소속된 샤로로 건덕은 모형정원 남부에 있는 산악지대를 찾았다.

나무들이 무성한 산악지대는 미개척 상태로, 길이라고는 동물들이나 지나는 통로가 간간이 보이는 정도였다. 사람들이 사는 곳에서 멀리 떨어진 이 장소는 찾아오는 것만으로도 고생이다.

흑토끼는 산악의 숲을 가벼운 발걸음으로 통과하고 절벽 위에서 주위를 살폈다.

"요우 씨의 목격 정보가 있었던 것은 분명히 이 근처…."

"자, 자, 잠깐 기다려 봐요! 흑토끼 언니가 그렇게 빨리 달리면 나로선 쫓아갈 수 없으니까요!"

"으응?"

토끼 귀를 갸웃거리며 뒤를 돌아보는 흑토끼.

샤로로는 숲 중턱 즈음에서 땀을 흘리며 필사적으로 흑토끼의 뒤를 쫓아오고 있었다.

"어머머…! 죄, 죄송합니다. 조금 마음이 앞섰던 모양입니다!"

"아니, 뭐… 무리도 아니지만. 주권전쟁까지 얼마 안 남았으니까요."

숨을 헐떡이고 고양이 귀를 긁적이면서 쓴웃음을 짓는 샤로로.

흑토끼는 토끼 귀를 세우면서 힘주어 고개를 끄덕였다.

"그렇습니다! 우리 '노 네임'이 우승하기 위해서 두령인 요우 씨의 힘이 필요불가결인 것은 자명한 이치! …그런데 갑자기 훌쩍 모습을 감추고. '주최자' 겸 '참가자'인 우리로서는 도저히 가만히 있을 수 없습니다!"

화를 내며 귀를 세우는 흑토끼.

샤로로는 마음고생 심한 그녀에게 쓴웃음을 지어 주며 뺨을 긁적였다.

"하하, 그것 또 고생이네요. 뭐, 우리 '여섯 개의 상처'로서는 동맹 관계인 '노 네임'이 이겨 주면 고마우니까. 협력은 아끼지 않겠어요!"

"YES! 아주 고맙습니다!"

꼬리를 세우며 쾌히 답하는 샤로로와 토끼 귀를 세우며 고개를 숙이는 흑토끼.

동쪽의 '노 네임'과 남쪽의 '여섯 개의 상처'.

이 두 커뮤니티의 인연은 선대부터 이어진다.

남쪽 땅을 잘 아는 샤로로에게 길 안내를 부탁한 것은 그 때문일 것이다.

특히나 이번에 두 사람이 찾으러 온 카스카베 요우는 흑토끼 등이 소속된 커뮤니티의 대연맹의 맹주이기도 하다.

태양주권의 게임에 출장하려면 필요불가결한 인재인 것은 틀림없다.

사카마키 이자요이가 돌아오는 게 언제가 될지 모르는 이상, 현재 최대전력이라고 할 수 있는 여성이다. 어떻게든 데려와야만 한다.

샤로로는 목적지인 절벽을 올라가 그 정상에 서서 주위를 내려다보았다.

"…음? 근처에서 물가의 냄새가 나네요."

"생활 흔적을 찾으려면 그쪽으로 가야 하지 않을까요?"

"뭐, 기본이네요. 하지만 다른 환수의 냄새도 나니까 신중하게 가죠!"

절벽에서 뛰어내리는 샤로로.

카스카베 요우는 숙녀라기보다는 문명을 익혔을 뿐인 야생아다. 지난번에 훌쩍 실종되었다가 돌아왔을 때는 무슨 야생동물로 잘못 볼 만큼 진흙범벅이었다고 한다.

아름다운 시녀장은 그 모습을 보고 '아버지와 제일 닮지 않았으면 하는 부분이 닮았다!'라며 크게 개탄했다나.

보폭을 늦추고 주위를 살피듯이 물가로 걸어간 두 사람은 눈에 들어온 거대한 식물을 보고 동시에 말하였다.

"우와…! 뭐야, 저거?!"

"담쟁이덩굴의 우리, 인가요?"

흑토끼가 차분한 얼굴로 말했다. 산악의 틈에 있는 호수를 뒤덮듯이 그 거대한 담쟁이덩굴은 울창하게 자라 있었다.

샤로로는 담쟁이덩굴을 건드리더니, 찬찬히 관찰하면서 눈썹을 찌푸렸다.

"이건 서양 담쟁이덩굴이네요. 무슨 은혜로 거대화된 모양인데… 이렇게 거대하게 성장시키려면 꽤나 고생스러웠겠네요."

"그런 수고를 할 정도의 봉인, 이라고 생각하는 편이 좋을지도 모르겠습니다."

"예입. 잡아 뜯어서 열어 볼까요?"

"그러지 않는 게 좋아."

그때 담쟁이덩굴의 우리 안에서 목소리가 들렸다.

귀에 익은 여성의 목소리에 흑토끼는 토끼 귀를 세우고 덩굴로 달려갔다.

"요, 요우 씨?! 안에 잡혀 있는 것은 요우 씨입니까?!"

"예스. 실은 유니콘의 부흥에 힘을 빌려 달라고 부탁을 받았어. 하지만 밀렵꾼의 덫에 걸려서 이렇게 붙잡혀 있어."

담쟁이덩굴 우리 너머에서는 힘없는 목소리가 들렸다.

흑토끼는 토끼 귀를 세우면서 놀랐다.

"아, 아니. 요우 씨를 봉인할 정도의 덫을 만들 수 있는 밀렵꾼이 아직 하층에 있다니….

흑토끼는 놀라서 말을 잃을 수밖에 없었다.

담쟁이덩굴 우리에 붙잡힌 카스카베 요우는 현재 '노 네임'의 두령이자, 모형정원 최대 연맹의 맹주이기도 하다. 지금 이 신들의 모형정원에서도 한 수 위로 쳐 주는 인물 중 하나다.

그런 그녀를 이렇게 붙잡을 수 있는 밀렵꾼이 흔할 리가 없다.

그렇게 생각하고 있는데 덩굴 안에서 다른 목소리… 유니콘 한 마리가 말하였다.

「이번에는 우리 일족이 폐를 끼쳤습니다, 흑토끼 님.」

"어라라?! 그 목소리는 언젠가 만났던?!"

「예. 한발의 요괴에게 습격을 받았을 때 도움을 받은 유니콘입니다. 동쪽의 '계층지배자' 취임, 진심으로 축하드립니다. 과거의 영광을 되찾을 발판을 마련했다, 고 할 수 있겠군요.」

"추, 축하의 말 감사합니다. 하지만 감사의 말을 해야 할 것은 이쪽입니다. 유니콘의 뿔이 없었으면 마왕 아지 다카하와의 싸움에서 중상을 입은 이자요이 씨를 구할 수 없었습니다!"

쭈욱! 토끼 귀를 뻗으면서 감사의 말을 하는 흑토끼.

정말로 비장의 무기로 간직해 두었는데, 그 이상은 없을 타이밍에서 도움이 되었다.

「재건을 위해 도움이 되었다면 더없는 기쁨. 세상에는 어떤 인연이 있을지 알 수 없습니다. …하지만 이번에도 저희는 다대한 폐를 끼친 모양입니다. 미안합니다.」

괴로운 듯이 말하는 유니콘. 그들의 뿔에는 치유의 힘이 있고, 마음 없는 밀렵꾼이 항상 그 목숨을 노리고 있다. 안주할 땅을 찾아서 이런 산악지대까지 왔는데도, 순식간에 밀렵꾼에게 들킨 것이다.

유니콘들의 마음고생은 헤아릴 수 없을 것이다.

「저희를 감싸지 않았으면 요우 님이 이런 교활한 덫에 걸릴 일은 없었겠죠. 그렇기에 분합니다. 대체 뭐라고 사과를 드려야….」

"어쩔 수 없어. 신경 쓰지 마. 상대의 덫이 뛰어났을 뿐이야"

유니콘의 갈기를 쓰다듬으면서 위로하는 요우.

샤로로는 고양이 귀 뒤를 긁적이면서 천천히 담쟁이덩굴 우리를 살폈다.

"하지만 석연찮네요. 카스카베 언니라면 이 정도 덩굴 우리를 박살 내는 거야 일도 아니잖아요? 무슨 이유라도 있나요?"

"응. 아마 그 근처에 이 우리에 대해 적힌 양피지가 있을 텐데…. 샤로로라면 읽을 수 있을까? 나로서는 읽을 수 없어서."

"나요? 흑토끼 언니가 아니라?"

"그래. 거기에 적힌 글자, 전에 구경했던 언어와 비슷하니까. 고양이족인 샤로로라면 읽을 수 있지 않을까 해서."

샤로로는 고양이 귀를 세우며 앞으로 나섰다.

그녀는 여러 언어를 습득한다는 고양이족의 피를 이은 자다. 그중에서도 그녀의 혈족은 고양이족 중에서 가장 저명하다는 고양이족 '장화 신은 고양이'이기도 하다.

그 '여섯 개의 상처'의 주력인 그녀라면 알 수 있을 거라고 생각했을 것이다.

"그럼 분명히 내가 나설 차례네요. 잠시만 기다리세요. 금방 번역할게요."

담쟁이덩굴 우리 앞에 선 샤로로는 짐을 내려놓고 번역에 착수했다. 흑토끼는 우리 너머에 있는 요우에게 다가가서 말하였다.

"요우 씨, 무사해서 다행입니다. 걱정했거든요?"

"미안해. 하루 더 기다렸다가 아무도 안 오면 힘으로 비틀어서 열 생각이었지만… 이것도 역시 기프트 게임이니까. 클리어해서 이기는 게 좋겠구나 싶어서."

"그렇지요."

그렇게 답하며 토끼 귀를 세우는 흑토끼.

어떤 방법을 써서든 이긴다, 라는 것은 약자에게만 허용되는 논법이다.

조직의 위에 서는 인간에게 그것은 허용되지 않는다.

스스로에게 부끄러움 없고, 후회 없다고 장담하는 게임 메이

크를 하지 않으면 진정한 의미로 민심을 휘어잡을 수 없다. 동쪽의 '계층지배자'인 그녀에게는 싸움의 질이 요구된다.

그런 의미로 일단 구조를 기다린 거겠지.

"요우 씨다워서 좋다고 생각합니다. 그래야 우리의 두령이지요!"

"고마워. 하지만 못 읽는 '계약서류'는 조금 교활하다 싶어. 이게 허용되는 거야?"

"허용됩니다. 기프트 게임에서는 못 읽는 쪽이 잘못입니다. …하지만 신기하네요. 모형정원 세계는 역사적 사실의 역산, '모든 언어는 최종적으로 통일된다'라는 개념으로 문자들은 '통일조어의 은혜'가 반드시 사용될 터입니다만."

모형정원 세계에는 여러 시대, 종족이 소환된다.

본래 말을 나눌 수도 없을 터인 그들의 의사소통이 가능해진 것은 이 은혜가 항상 모형정원 세계를 뒤덮고 있기 때문이다.

인류사는 최종적으로 하나의 언어로 집약되도록 되어 있다.

편재시공(偏在時空), 제삼점관측우주인 모형정원이 결과론 오메가에서의 역산을 하는 형태가 된 것이 이 '통일조어의 은혜'다.

"뭐, 읽고 쓸 수 없다면 환수와의 게임이 성립되질 않지."

"YES! 그런고로 '읽을 수 없는 글자'란 것은 그 자체가 은혜일 가능성이 지극히 큽니다만… 어떤가요, 샤로로 씨? 읽을 수 있겠나요?"

토끼 귀를 갸웃거리며 묻는 흑토끼.

내용을 훑던 샤로로는 그 목소리에 고양이 귀를 기울이지 않고, 지극히 진지한 표정으로 독해에 임하고 있었다. 평소에는 한없이 밝은 그녀가 이런 표정을 보이는 일은 드물다.

손가락으로 글자들을 따라 써 보던 샤로로는 혼잣말처럼 중얼거렸다.

"글자의 모양은 켈틱에 가까워… 하지만 모르는 상형문자야. 오검 문자도 룬 문자도 아냐. 여성을 의미하는 서양 담쟁이넝쿨을 사용한 점을 보면 술자는 여성이라고 추측할 수 있나…. 그럼 이 상형문자는 '고트' 계열인가?"

반신반의로 글자를 써 보는 샤로로.

하지만 아무 일도 일어나지 않았다.

"…반응 없네. 독해하면 누구나 읽을 수 있게 되는데. 그렇다면 이건 처음부터 독해할 수 없는 성질이 있나? 그럼… 아니, 설마…?! '읽을 수 없는 글자'가 아니라 '관측할 수 없는 글자'라는 소리…?!"

이게 다 뭐야?!

그렇게 소리치고 고양이 귀를 세우면서 샤로로는 벌떡 일어섰다.

"자, 잠깐만, 언니! 크, 큰일이에요! 대발견이에요!!! 이, 이,

이거 진짜로 소실조어(로스트 랭귀지)라고요!! 게, 게다가, 이거 기원전 2000년 급의 켈트 조어입니다!!! 엄청나게 레어한 거라고요!"

펄쩍 뛰어오르는 샤로로를 무시하고 고개를 갸웃거리는 요우.

대조적으로 흑토끼는 마찬가지로 토끼 귀를 세우며 놀랐다.

"소실조어…?! 이, 이야기로는 들은 적 있습니다! 인류사의 발전과 함께 후세 시대에 사용되지 않게 되어 관측 불가능해진 인류의 조어 중 하나! 신대가 성립하기 전후 시대에 사용된 고대의 조어입니까…?!"

"그렇습니다! 현재의 켈트 조어는 기원전 800년이 가장 오래된 것입니다만, 이 켈트 조어는 명백히 그 이전의 것! 『침략의 서』 진본에 해당되는 시대의 글자입니다!"

모형정원 세계에서는 '관측 불가능해진 자는 영격이 소멸한다'라는 대원칙이 존재한다. 이것을 속칭 '노포머'라고 한다.

예를 들어 샤로로가 말하는 『침략의 서』는 크리오트교의 전래와 함께 개변된 켈트 신화의 거짓 역사서다. 이 책은 크오스트교 신자가 다른 종교를 흡수하기 위해 개변시킨 켈트 신화의 이야기이며, 그 사상이 반영되어 있다. 과거에 카스카베 요우 일행이 '황염의 도시'에서 경험한 기프트 게임 '쿨리의 소 싸움'도 그중 하나다.

이렇게 후세의 이야기꾼들에 의해 개변된 결과, 진짜 역사가 관측 불가능해진 것… 인류사 사이에서 불타 사라진 문명이나 역사, 혹은 도달 불가능해진 미래가 '노포머'에 해당된다.

하지만 본래라면 그것은 한 번 사라지면 모형정원에서 관측 불가능한 상태가 된다. 요우는 자기 기프트 카드에 적힌 '노포머'의 은혜를 보면서 고개를 갸웃거렸다.

"하지만 '노포머'는 관측할 수 없으니까 '노포머'잖아? 그게 어떻게 모형정원에 존재하지?"

지극히 당연한 의문에 흑토끼도 고개를 끄덕였다.

샤로로는 고양이 귀와 검지를 세우고 '관측 불가능한 글자'에 대한 지론을 말하였다.

"카스카베 언니. 아무래도 이 수렵 게임은 모형정원의 여명기에 만들어진, 초고대의 물건이라고 추측됩니다. 그것이 어느 틈에 소실조어가 되어서 힘을 잃었다고 생각해요."

"그래. 그래서?"

"아마도 어떤 계기로 소실조어는 그 힘을 되찾았다… 그것도 지극히 최근에. 그건 즉 '관측 불가능해졌던 글자'가 '관측 가능한 시간류로 바뀌었다'일지도 모릅니다. 뭔가 거대한 '역사의 전환기'가 있었던 게 아닐까요?"

시세(時世)의 변화에 따라 관측 불가능한 글자가 관측 가능한 글자로 변했다.

흑토끼는 뭔가 깨달은 듯이 손뼉을 쳤다.

"혹시나 우리가 마왕 아지 다카하를 쓰러뜨렸을 때에…?"

"분명 그거입니다! 언니들이 마왕을 쓰러뜨렸을 때에 극대규모의 '역사의 전환기'가 일어나서『침략의 서』의 진서가 발견되는 시세로 변하여 가장 오래된 조어가 다른 것으로 변한 거지요! 지금은 주권전쟁의 개최로 시기가 정해지지 않았으니까, 읽을 수 없는 글자인 채로 고정된 게 아닐까요!"

"오오….'

감탄하여 환성을 올리는 카스카베 요우.

설마 이런 단시간에 '관측 불가능한 글자'의 수수께끼를 풀 거라고는 생각하지 않았을 것이다. 역시나 남쪽의 '계층지배자'에 취임할 만하다.

샤로로는 흥분한 기색으로 꼬리를 흔들고, 글이 적힌 '계약서류'를 껴안았다.

"고대 켈트 문명은 강한 여성의 사회라고 들었습니다. 여명기부터 남은 은혜란 소리는 여신급의 조상령이 남긴 '계약서류'가 틀림없어요! 이걸 가지고 돌아가서 연구하면 우리의 주최자 권한(호스트 마스터), 'Der gestiefelte Kater(장화 신은 고양이왕)'를 강화할 수 있어요!"

우햐얏~ ♪ 소리를 내며 꼬리를 흔들고 기뻐하는 샤로로 건덕.

한편 카스카베 요우는 턱에 손을 대고서 중요한 사실을 깨달

148

았다.

"…아니, 잠깐만. 즉 이 게임이 독해 불가능하다는 사실은 변함없잖아?"

"응? …아, 그러네요."

갑작스럽게 조용해지는 일동. 독해에 정신이 나가서 해결책을 내놓는 데에 이르지 못하는 것을 보면 역시나 신참 지배자임은 틀림없다.

아니, 애초에 지금 고찰이 정확하다면 이 글자를 읽어 내는 방법은 없다는 결론이 된다. 카스카베 요우는 깊은 한숨을 내뱉으면서 유니콘들에게 말을 걸었다.

"…미안. 역시 호수를 통째로 파괴할 수밖에 없는 것 같아."

"예?!"

"뭐라고욧?!"

흑토끼와 샤로로는 놀라서 외치고, 유니콘은 씁쓸한 목소리로 담쟁이덩굴 우리 안의 상황을 말하였다.

「실은… 이 거대한 담쟁이덩굴은 이 호수에 뿌리를 내리고 있어서, 파괴되면 물을 빨아들여서 재생하는 구조입니다. 담쟁이덩굴의 우리를 파괴한다는 것은 호수를 말려 버린다는 것과 같은 뜻입니다.」

요우가 담쟁이덩굴 우리를 파괴하는 걸 주저했던 최대의 이유가 이것일 것이다.

재건을 위해서 왔는데, 이래서는 뭘 위해 왔는지 알 수 없다.

유니콘이 살 장소에는 반드시 맑은 물가가 필요하다.

가까스로 찾아낸 곳을 잃어버리면 그들은 또 유랑 여행을 떠날 수밖에 없다.

하지만 사정을 짐작한 샤로로는 고양이 귀를 세우고 호쾌하게 웃었다.

"뭐야, 그런 건가요! 그럼 우리의 '언더우드'에 오면 되지 않나요! 사정이 사정이고 하니, 모두에게는 이야기해 놓지요!"

「…괜찮겠습니까?」

"물론이지요! 전 이래 보여도 '여섯 개의 상처'의 주력이라서! 다들 뭐라고 못 할 겁니다! 밀렵꾼에게서 지킬 수도 있겠고요!"

처억, 하고 엄지를 세우는 샤로로. 밀렵에 괴로워해 온 유니콘으로서는 사람들의 마을에서 산다는 것에 저항이 있어서 '여섯 개의 상처'에게 의논할 수 없었던 건지도 모른다.

곤혹스러워하는 유니콘을 거들듯이 흑토끼는 조용히 말했다.

"안심하시길. '여섯 개의 상처'는 '윌 오 위스프'와 마찬가지로 우리 '노 네임'이 가장 신뢰하는 동맹 커뮤니티. 분명 좋은 동지로 받아들여 줄 것입니다."

"응. 다른 말 환수도 그 근처에 살고 있으니까 분명 친해질 수 있어."

「…알겠습니다. 생명의 은인인 요우 님과 '모형정원의 귀족'
인 흑토끼 님이 그렇게 말씀하신다면 우리는 거기에 따르겠습
니다.」

마음을 굳힌 듯이 끄덕이는 유니콘. 카스카베 요우는 자신의
두 뺨을 두드리더니, 품에서 '생명의 목록(게놈 트리)'을 꺼내
어 기합을 넣었다.

"좋았어! 그러기로 했으면 이런 담쟁이덩굴 우리 따윈 날려
버려야지!"

"YES! 우리도 대피하죠, 샤로로 씨!"

"오케이! …어차, 그 전에. 언니의 화력이면 '계약서류'까지
파괴될 테니까, 이건 가지고 멀어져야…."

양피지를 당기는 샤로로. 하지만 '계약서류'를 든 채로 샤로
로가 몇 걸음 움직이자, 갑자기 '계약서류'는 움직이지 않게 되
었다.

"…어?"

꾹꾹 당겼다. 하지만 도무지 담쟁이덩굴 우리에서 멀어질 기
색이 없었다.

한편 카스카베 요우는 '생명의 목록'을 변형시켜서 임전태세
에 들어갔다.

작열의 기운을 깨달은 샤로로는 순식간에 핏기가 가시는 걸

느꼈다.

"아니…. 잠깐만요, 요우 언니! 전 아직 도망을 못 갔으니까!!!"

소리치는 샤로로.

무시하는 카스카베 요우.

오른손에 금색 깃털의 불꽃을 띤 그녀는 '생명의 목록'과 동시에 다른 은혜도 그 손에 들었다.

그것은 세계수를 잡아먹는다는 어느 사룡(蛇龍)의 엄니. 두 가지 은혜를 겹치듯이 든 카스카베 요우는 온몸에서 금색 깃털과 검은 불길을 내뿜으며 소리쳤다.

"신병기의 시험에… 딱 좋은 기회야…!!!"

"잠깐! 진짜로 잠깐만!!! 전 아직 도망 못 갔으니까요!!! 또 이 '계약서류'는 불타 버리면 끝장이니까요!!! 엄청 귀중한 문헌이니까, 아니, 진짜로 기다려요!!!"

"그래. 열심히 지켜 봐."

말도 안 되는 소리 하지 마!!!

그런 절규와 동시에 담쟁이덩굴 우리 안에서 거대한 아지랑이가 피어올랐다.

그것은 흑룡이었을까, 아니면 신조(神鳥)였을까.

나무들을 불태우는 극염에 휩싸인 샤로로도 비장의 카드를 전개했지만, 그 실상을 보는 동시에 큰 화상. 어찌어찌 살아남은 그녀는 유니콘들의 뿔의 힘으로 목숨을 건질 수 있었다.

Last Embryo

이것은 쿠도 아스카의 여행의 한 페이지.

요약하자면, 쿠도 아스카는 시비에 휘말렸다.

여기는 꽃의 도시로 이름 높은 요괴공주 연맹이 다스리는 대유곽.

꿈과 현실을 오가는 듯한 보라색 연기가 도시를 뒤덮었고, 종족을 뛰어넘은 하룻밤의 꿈을 사는, 모형정원 굴지의 사랑의 거리. 본래 쿠도 아스카와는 거리가 먼 곳일 터.

무사수행으로 곳곳을 돌아다녔던 쿠도 아스카는 아르마테이아에게 '마스터는 조금 더 여자다움을 아는 편이 좋다'라는 말과 함께 억지로 끌려온 사랑의 거리를, 어째서인지 종횡무진 뛰어다니고 있었다.

"흡…!"

기와지붕 위를 뛰어다니고, 우아한 소리를 연주하는 칼날을 쳐냈다. 발을 멈추면 끝장, 수금을 연주하듯이 우아한 소리를 내며 목이 날아갈 것이다.

흔들리는 꿈의 도시에서 마구잡이로 날뛰는 것은 정말로 멋진 꼭두각시 인형.

가부키의 꽃인 꼭두각시꾼, 그리고 유곽의 꽃인 유녀가 신앙하는 예능의 신령 '햐쿠다유(百太夫)'.

부처의 가호도 닿지 않는 유곽을 홀로 재앙에게서 지키고, 무시무시한 천연두마저도 쫓아내는 유곽의 수호신. 그것이 뭐가 잘못되었는지, 이렇게 밤마다 나타나서 길을 가는 여자를 베고 다닌다고 한다.

'으으, 진짜! 싸움을 걸어온다고 쉽사리 받아 주는 게 아니었어!'

신체능력이 서서히 향상되고 있다고 하더라도, 지금의 아스카 혼자서는 버거운 상대.

이 구역의 유곽을 관리하는 시원시원한 성격의 상급 유녀 여우에게 찍힌 게 문제였다. 처음에는 유녀들과의 가벼운 말씨름이었던 것이 어쩌다가 그 혓바닥에 놀아났고, 어느 틈에 흥분해서 거친 말이 오가고, 유곽을 시끄럽게 하며 저주를 뿌리는 꼭두각시를 퇴치하는 흐름이 된 것이다.

아스카의 분전을 안전한 저택 안에서 관전하던 유녀들은 아스카의 목이 날아갈 뻔할 때마다 조마조마한 기색으로 외쳤다.

"아스카, 무리하면 안 돼!"

"우리는 결계 안에 있으니까 여차하면 도망쳐 와!"

"친절한 말씀 고마워! 하지만 걱정 마!"

성원에 답하면서 필사적으로 칼날을 피하며 정면에서 적을 노려보았다.

운을 부르는 물건으로 장식된 꼭두각시 인형에 안 좋은 것이 씌는 것은 모형정원에서 드문 일도 아니지만, 신성한 물건에 씌운다면 이야기는 다르다. 보통 전사로는 버텨 낼 수 없다.

덜걱덜걱 하고 고개를 흔들면 우아한 소리와 함께 은빛 칼날이 번뜩이고, 그것을 한 번 휘두를 때마다 기와지붕이 다 날아간다. 꽤나 고명한 꼭두각시꾼이 만든 꼭두각시 인형이겠지.

기프트 카드 안에서 상황을 엿보는 아르마는 놀리는 듯한 목소리로 물었다.

「고전하고 있군요, 마스터. 도울까요?」

"됐어! 남의 싸움에 끼어들지 마!"

「역시나 저의 마스터. 쌩쌩한 모양이라 다행이군요. 참고로 이건 제 혼잣말입니다만… 아무래도 저 꼭두각시 인형, 전방밖에 보지 못하는 모양이로군요?」

"음?"

그 말에 돌아보는 아스카. 데구르르 도는 두 개의 눈알은 항상 주위를 확인하고 경계를 한다. 좌우의 눈을 제각각 움직이는 것으로 시야를 넓히는 거겠지.

하지만 반대로 말하자면, 의안으로 볼 수 있는 범위밖에 알 수 없다는 소리다.

「예능의 신령이 부상신*으로 나타난다면, 그 재주를 펼치기 위한 관객과 무대가 필요불가결. 저 꼭두각시 인형은 마스터를 관객으로 보고 자기 재주를 선보인다는 생각이겠죠. …이 정보

※부상신(付喪神) : 일본어로 '츠쿠모가미'. 오랜 세월을 보낸 도구 등에 신이나 정령이 붙는다는 일본의 신앙.

를 어떻게 쓸지는 마스터에게 달렸습니다. 무운을.」

"여전히 참견쟁이네. …하지만 고마워. 가볍게 비틀어 주고 올게."

아스카는 숙소와 숙소 사이의 골목으로 미끄러져 들어가 칼 날을 피하고, 그대로 사각 방향으로 내달렸다. 칼날의 범위 자 체는 넓지만, 앞방향의 적밖에 볼 수 없다면 공략법은 여럿 있 다.

관객을 놓친 꼭두각시 인형은 골목을 들여다보고 빙그르르 고개를 돌려서 아스카를 찾았지만, 한 번 놓친 적을 눈만으로 찾기란 어렵다.

어디서 지켜보고 있는지 모르는 이상, 어디서 보고 있어도 좋도록 기술을 선보이는 것이 예능인의 긍지.

꼭두각시 인형은 춤을 추듯이 사지를 휘두르며 주위 전체에 칼날을 휘두르기 시작했다.

닿는 순간 숙소의 대들보가 두 동강 날 정도의 예리함을 자 랑하는 칼날.

내 인생 최고의 무대를 보라는 듯이, 머리를 급속회전시키며 춤사위를 펼쳤다.

예능의 신령이라고 불리는 만큼, 그 칼날을 휘두르는 춤사위 는 우아하게 리듬을 맞추고 있었다. 이것이 화려한 무대 위라 면 박수갈채를 받았을 것이다.

…하지만 슬프게도 이 기와지붕은 춤과 기예를 자랑하는 무대가 아니고.

부상신의 그런 마음이 목숨을 앗아가게 되는 사지(死地) 그 자체다.

"…아쉽네. 다음에 만날 때는 무대 위에서 만나자."

"?!"

꼭두각시 인형은 분노를 담아 아래를 보았다. 하지만 늦었다.

기와지붕이라는 무대를 뚫고 튀어나온 칼날은 순식간에 꼭두각시 인형의 동력부를 베었다.

"끼, 끼이?!"

알아들을 수 없는 비명을 지르며 기능을 멈추는 꼭두각시 인형. 아스카를 관객으로 포착한 이상, 기와지붕 밑은 생각의 사각이었다. 경계하지 않았더라도 어쩔 수 없다.

기와지붕에 올라와서 망가진 꼭두각시 인형을 안아 든 아스카는 작게 한숨을 내쉬며 인형의 먼지를 털어냈다.

"…지금 알았어. 당신, 신성하게 다뤄지는 게 마음에 안 들었던 거구나. 귀하게 모셔지면 **재주를 선보일 수 없으니까.**"

"…………."

덜걱, 하고 고개를 숙이는 꼭두각시 인형.

신성하게 모셔지는 것은 명예일지 모르지만, 그런 명예보다도 자기 재주를 선보이는 무대를 원했다. 그 마음이 형태가 되어 폭주한 것일 터.

아스카는 빗과 손수건으로 인형의 외모를 다듬어 주고, 평소처럼 밝은 미소를 띠었다.

"좋아. 내가 그 여우들에게 전해 줄게. '나는 아직 현역이다! 귀하게 모셔지고만 있을 순 없다!'…라고."

아스카의 미소를 보고 꼭두각시 인형도 웃었다. 적어도 아스카에게는 그렇게 보였다.

꼭두각시 인형을 가지고 돌아간 아스카는 시원시원한 성격의 상급 유녀 여우와 격렬한 말싸움을 벌인 뒤에, 이 인형을 위한 무대를 만든다는 확약을 어떻게든 받아 냈다.

그로부터 1년 뒤, 유곽 안에서도 소문난 무대로 햐쿠다유와 말괄량이 아가씨의 이야기가 일세를 풍미하게 되지만, 그건 또 다른 이야기.

*

그 뒤.

상급 유녀 여우들의 안내를 받은 아스카와 아르마는 작은 목소리로 이번 일에 대해 이야기를 나누었다.

"있잖아, 아르마. 보수까지 받아도 괜찮은 거야? 원래는 그냥 말싸움으로 시작한 게임이잖아?"

"시작은 말싸움이었습니다만, 게임의 보수는 제가 손을 써 둔 것이었습니다."

"…뭐?"

처음 듣는 이야기에 눈이 동그래지는 아스카.

아르마는 심술궂게 히죽 웃더니 말했다.

"마스터라면 제가 아무 말 하지 않아도 알아서 트러블에 뛰어들어 주실 거라고 믿었습니다. 덕분에 대등한 게임을 제안하는 것도 아주 잘 풀렸지요."

콰앙! 하고 아스카는 둔기로 얻어맞은 듯한 충격을 받았다.

즉 '여자다움을 배우기 위해 유곽에 가자'라고 제안한 것은 반쯤 거짓말이고, 여기에서 벌어지는 게임에 아스카를 꾀어내는 것이 진짜 목적이었다는 소리다.

멋지게 거기에 놀아난 것을 깨달은 아스카는 머리를 싸쥐고 원망스럽게 아르마를 노려보았다.

"내가 이런 말을 하는 것도 그렇지만… 왜 이런 종자와 계약한 걸까, 나는."

"어머나, 무슨 말씀을. 쿨링오프 기간은 이미 지났으니 각오해 주세요."

입가를 누르며 심술궂게 웃는 아르마.

아스카와 아르마의 계약 내용은 대단히 간단하다.

'모형정원에 새로운 커뮤니티를 신설하고, 다종다양한 수라신불을 맞아들이는 것'이다. 하지만 그 계약을 다하기 위해서는 '노 네임'에서 독립할 필요가 있었다.

'노 네임'에서 힘을 기르면 언젠가 독립할 생각이었던 아스카에게는 딱 맞는 계약이었다.

"왠지 교묘하게 놀아나고 떠받들리는 기분이 안 드는 것도 아니지만… 지금으로선 나도 재미있으니까 괜찮아."

"역시나 저의 주인. 마음 넓게 대응해 주셔서 참으로 기쁜 일입니다."

장난을 즐기듯이 웃는 두 사람.

"이번 일도 미리 준비해 놨던 모양인데, 슬슬 구체적인 이야기를 듣고 싶어. 나의 유능한 종자는 어떤 보수를 원해서 여기에?"

"그야 물론 주권전쟁의 출자자를 찾는 것입니다."

아스카는 놀란 기색도 없이 조용히 끄덕였다.

북쪽의 '계층지배자'인 '요괴공주' 연맹의 영지에 가자는 제안을 들었을 때부터 희미하게 느끼고 있었다. 하지만 아르마는 검지를 세워서 흔들며 의미심장하게 웃었다.

"'요괴공주' 연맹도 물론 강력한 커뮤니티입니다만, 제가 목적하는 커뮤니티는 하나 더 있습니다. 출자자를 하나로 좁히라는 말은 어디에도 없었으니까요."

"그건 그렇지만, 출자자 쪽의 암묵적인 양해란 게 있지 않나?"

두 개의 커뮤니티로부터 출자 및 지원을 바라는 것은 양쪽의 커뮤니티에게 대단히 의리 없는 짓이다. 혹시 발각되면 모두가 창피를 당하게 되고 분노하며 손을 뗄 것이다.

"그렇습니다. 하지만 출자자끼리의 횡적 연대가 강할 경우, 혹은 상하관계일 경우는 이야기가 달라집니다. 이번에는 '요괴 공주' 연맹을 감시하는 커뮤니티, 일본의 공적기관 '음양료(陰陽寮)'와 이야기하고 싶다는 뜻을 이 거리의 지배자에게 전하러 왔습니다."

"음양료?"

아스카는 고개를 갸웃거렸다.

그러자 아르마는 놀란 얼굴을 하였다.

"어…. 마스터. 혹시 '음양료'를 모릅니까? 메이지 2년까지 실존한 일본의 공적기관인데요?"

"으, 음양사가 관련된 공적조직이 실존했어?!"

"실존이고 자시고 음양사는 나라를 지키는 공무원이니까요!!"

"뭐라고?!"

거친 목소리를 내며 놀라는 아스카.

이거 처음부터 설명을 해야겠다고 판단한 아르마는, 안내받는 도중에 '음양료'에 대해 말하기로 했다.

음양료

그러면 모형정원에서의 '음양료'에
대한 강의를 시작할까 합니다.
준비는 됐습니까?

무, 물론이야.

'음양료'에는 두 가지 얼굴이 있습니다.
일단 첫 번째는 전승 등으로 유명한
요괴 퇴치와 역병을 쫓는 등의 역할.
또 하나는 별을 읽고 달력 등을 만드는
국가공무원으로서의 얼굴이지요.

표면적으로는 공무원. 이면에서는 도시를
지키는 음양술사로서의 활약이 있었던 거네.

그렇습니다. 기초는 대륙에서
온 것이지만, 음양도라는 개념은
일본에서 성립되었다고 해석되고,
그 시기는 9세기 후반에서 10세기 전반.
즉 천 년 이상이나 존재한
유서 깊은 조직이었습니다.

처, 천 년 이상이나…!

후후, 그 대단함이 조금은 전해진 모양이라 다행입니다.
그중에서도 유명한 것은 역시 아베(安倍) 가문과 타마모노마에(玉藻前)의 대립일까요.
천 년 지난 바깥세계에서도 전해질 정도의 큰 싸움이라고 저도 들었습니다.

하지만 요괴 퇴치를 하던 커뮤니티인데, 왜 '요괴공주' 연맹과 연관이 있어?

'요괴공주' 연맹의 절반은 '음양료' 등에 가담한 요괴들이니까요.

그럼 인간과 요괴 양쪽이 공존하는 커뮤니티네….
그런 대단한 커뮤니티가 우리의 출자자가 되어 줄까?

그건 마스터에게 달렸습니다.
분명 쉽게 되진 않겠죠.
조심해서 갑시다.

'음양료'의 역사를 들은 아스카는 입을 반쯤 벌린 채 감탄한 기색으로 끄덕이며 '요괴공주' 연맹의 성립에 대해 이해하였다.

"그럼 '요괴공주' 연맹은 '음양료'에 소속된 요괴들과 극동의 요괴로 태어난 이들이 만든 연맹 커뮤니티였구나."

"그런 것입니다. 지금부터 만나는 분은 '음양료'에 소속된 요괴들의 우두머리. 실례가 없도록 조심하지요."

아름다운 복도 끝에 도달한 두 사람.

우아한 피리 소리와 함께 장지문이 열리자, 거기에는 수려한 외모의 금색 꼬리를 가진 여우 여성이 힘없이 몸을 기댄 채로 두 사람을 맞아들였다.

"으음…. 꽤나 기다리게 하였구나. 꽃의 거리를 시끄럽게 한 꼭두각시 인형을 막아 주었다더구나. 정말로 고마운 일이야."

"아뇨, 따지고 보면 말싸움에서 시작된 게임입니다. 주종 모두 무례한 태도를 보인 것을 사과드립니다."

"아, 되었다, 되었어. 그런 딱딱한 인사를 난 싫어하니까, 조금 더 부드럽게 대해 주겠니? 그쪽의 인간 아가씨도… 자, 어깨에서 힘 빼고."

"그, 그래? 그렇다면 조금은…."

"그래, 그래. 내 몸이 상한 뒤로는 다들 서먹서먹해서 말이야. 나만 외롭게…… 우, 읍…!"

우아하게 웃으면서 끄덕이던 금색 털의 요호(妖狐)는 갑자기

괴로운 듯이 콜록거렸다. 입가에 살짝 피가 흐르는 것을 본 아스카와 아르마는 무심코 안색을 바꾸었다.

"미, 미안해. 몸이 안 좋으면 억지로 만나 주지 않아도 돼."

"건강을 해치신 와중에 무리한 알현을 부탁드려서 실로 죄송합니다. 다음 기회에 다시 오겠으니…."

"됐다, 됐어, 신경 쓰지 말거라. 아가씨가 소문 자자한 아스카지? 리리의 편지를 읽었을 때부터 만나 보고 싶다고 생각했어."

두 사람은 의외의 이름이 나온 것에 놀라서 서로의 얼굴을 보았다.

금색 털의 요호가 말한 '리리'는 '노 네임'의 여우 소녀 리리일 것이다.

"아, 역시 몰랐나. 리리의 선조는 과거에 내 밑에 있었지. 그러다가 동쪽의 여우에게 홀딱 반해서 둘이서 야반도주! 그게 북쪽과 동쪽의 큰 싸움으로 발전할 뻔했는데 '노 네임'의 카나리아가 중재해 주었던 것이야."

"그, 그랬구나. '노 네임'의 역사가 대단히 길다는 건 사실이었네."

"하지만 리리의 선조라면 '우카노미타마노카미(宇迦之御靈神)'를 모시는 시녀, 즉 신격 보유자라고 들었습니다. 신격 보유자가 모실 정도의 분이라면 당신께서도 이름 있는 신격 보유자라고 해석해도 되겠습니까?"

꽤나 깊이 파고드는 질문을 던지는 아르마.

아스카는 다소 나무라는 듯한 시선을 던졌지만, 금색 털의 요호는 딱히 기분 상한 기색도 없이 가볍게 웃을 뿐이었다.

"그래…. 내가 누구냐 말이지. 아스카의 눈에는 어떻게 비치지?"

"나, 나?"

갑자기 이야기가 자신을 향하자 아스카는 스스로를 가리키는 채로 곤혹스러운 기색을 보였다.

자기를 놀리는 중이라는 건 이해했지만, 어떤 식으로 반응을 보일지에 따라서 상대의 반응도 변할 것이다.

하지만 아무리 생각해도 아스카로서는 이름을 맞힐 수 없었다.

이왕 틀릴 거면 제일 격이 높은 이름으로 말해 줄 수밖에 없다.

팔짱을 끼고 30초 정도 고민한 아스카는 검지를 세우며 진지하게 대답했다.

"멋지게 나부끼는 금색의 꼬리들… 그리고 일본의 요괴들을 다스릴 정도의 대요괴… 즉 당신은 바로 저 유명한 구미호, 타마모노마에가 아닐까?"

"아하하, 죽여 버린다?"

웃는 채로 노기를 띠며, 그 말만으로 주위의 병풍을 세 개 정도 찢어 버리는 금색 털의 요호.

아스카는 진지한 얼굴인 채로 굳어 버렸다.

여태까지의 우호적인 분위기가 순식간에 날아갈 정도로 대형 지뢰를 밟아 버린 모양인데, 아스카로서는 정정할 만한 지식이 없었다.

대량의 식은땀을 흘리며 굳어 버린 아스카를 보다 못한 아르마는 한숨을 섞어 가며 한 걸음 앞으로 나섰다.

"제 주인의 무례를 사죄드립니다. 괜찮다면 제 쪽에서 대답해도 괜찮을까요?"

"그래, 좋다. 하지만 서양의 염소가 내 이름을 알까?"

"물론입니다. '음양료'와 관련이 있고 '우카노미타마노카미'와 관련이 있는 신격 보유자라면 후보는 손에 꼽힐 정도밖에 없습니다. 당신께서는 바로 그 유명한 도지마루(童子丸), 즉 '아베노 세이메이'의 어머니로 알려지신 분, '쿠즈노하' 님이 아니십니까?"

"어머머?!"

놀란 기색으로 손뼉을 치는 금색 털의 요호.

아스카도 기억났다는 얼굴을 하며 안색이 창백해졌다.

쿠즈노하라면 '아베노 세이메이'의 어머니로 알려져 있고, 직접 모셔지진 않지만 우카노미타마노카미의 부하로 널리 알려진 여우다.

눈에 보일 정도로 기분이 좋아진 것을 보면 아르마가 정답을 맞힌 모양이다. 아스카가 식은땀을 닦기 시작하자, 아르마는 매서운 시선으로 주인을 노려보았다.

'그만큼 힌트를 줬는데 틀리다니, 대체 어쩔 생각입니까. 구미호는 음양사에게 **쓰러진 쪽**! 지금 만나고 있는 분은 '음양료'에 **속하는 분**이라고 아까 그렇게 설명하지 않았습니까!'

'미, 미안해…!'

아스카는 말대답도 할 수 없을 정도로 움츠러들었다.

제우스의 유모를 맡을 정도인 그녀가 아스카와 계약하면서 나눈 또 하나의 조건. 그것이 '제 몫을 하게 될 때까지 아르마테이아의 가르침에 따른다'는 것이다.

지식을 줄 때, 깨달음을 줄 때에 한해 두 사람은 사제관계가 된다.

아베노 세이메이의 어머니 '쿠즈노하'에 대해서 한 번 가르친 적이 있는 만큼 질책이 강해진 거겠지.

쿠즈노하는 사제의 대화에 여우 귀를 세우면서 우아하게 웃었다.

"괜찮다, 아스카. 처음 보면 다~들 나를 타마모로 착각하니까, 조금 화난 척을 해 본 것뿐이야."

"아, 아니, 나야말로 실례였어. 아베노 세이메이와 타마모노마에가 숙적인 건 유명한 이야기로, 나도 알고 있었어. 아들의 숙적으로 오해를 사면 화나는 것도 당연해."

"알아 준다면 되었다. …후후, 아스카. 소문처럼 놀리는 보람이 있는 아이구나. 잘 키웠구나."

"물론입니다. 그걸 기대하며 계약을 맺은 거니까요."

주먹을 움켜쥐며 역설하는 아르마.

별소리가 다 나오고 있지만, 지금으로선 아스카가 대꾸하기 어렵다.

언젠가 이 둘에게도 대꾸해 줄 수 있게 되겠다고, 아스카는 마음속으로 굳게 맹세하였다.

*

"그래서 이야기를 되돌리겠습니다만… 이번 일의 보수로 쿠즈노하 님께는 '음양료'와의 다리를 놓아 주셨으면 하고 찾아 뵈었습니다."

"으음~…. 그건 즉 도지마루와 이야기를 하고 싶다는 거면 되겠니?"

두 사람은 다소 놀란 듯이 서로를 보았다.

도지마루는 아베노 세이메이의 아명이다.

"그, 그래 주신다면 기쁘겠습니다만… 괜찮겠습니까? 아베노 세이메이 님은 지금 '음양료'를 도맡은 신격 보유자일 터."

"그래, 그도 그렇지. 본거지도 없는 아가씨와 도지마루를 간단히 만나게 하면, 그 아이가 값싸게 보일지도 모르지…. 하지만 아스카는 이 거리를 도와주었고, 리리도 신세를 졌고…."

고민하는 쿠즈노하.

아스카와 아르마는 햐쿠다유 문제를 발판 삼아서 새로운 시련을 받을 생각이었기에 김이 샌 느낌이었지만, 곧바로 아베노 세이메이를 만날 수 있다면 그보다 나은 일도 없다.

하지만 결론을 너무 급히 내리는 것도 좋지 않다.

쿠즈노하의 건강 상태는 꽤 안 좋아 보였다.

그냥 날을 다시 잡고 오는 게 좋을지 아스카가 고민하고 있자, 쿠즈노하는 명안을 떠올린 듯이 손뼉을 쳤다.

"그래, 좋은 생각이 났구나! 도지마루에게 추천할 이유로, 아스카를 북쪽의 세 번째 '계층지배자' 후보자로 삼도록 하지!"

"예?!"

"알겠습니다. 꼭 좀 그렇게 부탁드립니다."

"아니, 아르마?!"

쿠즈노하의 갑작스러운 추천에 놀라는 아스카와 대조적으로 잘되었다는 듯이 즉답하는 아르마.

만성적으로 인재 부족인 '계층지배자'지만, 모형정원을 지키는 질서의 수호자인 이상 추천받은 커뮤니티는 실력과 선성(善

性)이 잣대에 오른다.

아스카의 선성은 말할 것도 없이 전해졌겠지만, 그 실력 쪽은 아직 발전도상이라고 할 수밖에 없다.

"뭐, 그 꼭두각시 인형에게 애를 먹은 모양이라 조금 불안하지만… 아스카, 남쪽에서 날뛰던 환수를 퇴치하기도 하고 여러 장소에서 감사를 받았지? 그걸 보면 아스카에게는 강한 동료가 많이 있는 모양이고? 이 염소 이외에도 동료 복이 있는 모양이니까 조직력, 통합력은 충분하겠지."

"하, 하지만 그건 내 힘이…!"

"그렇지요. 적어도 저는 마스터 개인의 전력이 아닙니다. …하지만 딘이나 멜른은 다릅니다. 그자들은 마스터가 자력으로 모은 고참 정예. 그자들은 틀림없는 마스터의 '힘'. 그것들을 돌아보면 충분히 '계층지배자'로서의 전투능력에 도달했다고 생각됩니다."

"…아르마."

매서운 말 사이에 속내를 섞으면서 다시금 아스카를 '계층지배자'로 강하게 미는 두 사람. 아스카는 움츠러들 뻔했지만, 이렇게까지 강하게 추천받고서도 물러날 정도의 겁쟁이는 아니다.

게다가 먼 동쪽 땅에서는 친구인 카스카베 요우가 혼자서 '계층지배자' 자리에 앉아 있다. 다음에 만날 때에 가슴을 펴고 만나기 위해서라도 아스카가 여기서 '계층지배자'의 추천을 받아들여야 할지도 모른다.

"아, 알겠습니다. '계층지배자'의 추천, 받도록 하겠습니다."

"그렇게 나와야지♪ 그럼 추천하기 위한 몇 가지 조건이⋯."

이렇게 해서, 쿠도 아스카는 '계층지배자'로 추천을 받고 동시에 몇 가지 조건을 부여받았다.

하나. 나날이 정진하여 '계층지배자'로 어울리는 행동과 실력을 익힐 것.

둘. 태양주권전쟁에서 1회전을 돌파할 것.

이 두 가지를 달성했을 경우에 한해서 쿠도 아스카를 '계층지배자'로 임명한다, 라고.

＊

"⋯뭐, 이런 경위가 있었어."

"""""호오, 과연, 과연."""""

"아니, 어느 틈에 사람이 이렇게 늘었어?!"

아스카가 이야기하는 사이에 합류한 사카마키 이자요이와

카스카베 요우는 감개 깊은 기색으로 몇 번이나 고개를 끄덕였다.

특히나 카스카베 요우는 눈동자를 빛내며 아스카의 손을 잡고 말했다.

"축하해, 아스카. 이걸로 우리 둘 다 '계층지배자'네."

"고, 고마워. 하지만 한동안은 임시 취급일 테니까, 카스카베 양에게는 많이 도움을 받을 것 같아."

"괜찮아. 그때는 모든 일을 이자요이에게 내던지고 달려갈 테니까!"

"어이, 잠깐. 네가 어디 두령인지를 생각해 봐, 카스카베."

"그 말, 그대로 돌려줄게. 언제까지고 커뮤니티 운영에서 도망칠 수 있다고 생각하지 마."

휙, 고개를 돌리며 토라지는 요우.

그리고 그녀에게 동의하듯이 끄덕이는 여성진.

아무래도 열세임을 깨달은 이자요이는 화제를 돌리려고 했다.

"그런데 아가씨가 말했던 '바깥세계와 통하는 출자자'라는 건 혹시 그 '음양료' 이야기야?"

"응, 그래. '음양료'는 표면적으로는 메이지 2년에 폐쇄되었지만, 사실 일본의 비밀조직으로 활동하고 있었어. 이자요이 군의 시대에 음양과라고 불리는 비밀조직은 존재하지 않았어?"

이자요이의 표정이 여태까지 본 적 없을 정도로 호기심에 물들었다.

일본 정부에 존재할 리가 없는 비밀조직, 음양과.

그 말만으로도 이자요이의 호기심을 자극하는 조직이다. 그것이 이자요이의 본래 시간축에 존재한다면 더더욱 그렇다.

"그거 기대되는군. 혹시 바깥세계에서 그 조직과 만나게 된다면 나도 꼭 좀 끼워 줘."

"딱히 상관은 없지만 정보는 안 줄 거야."

"알았어, 알았어. 그냥 호기심이야. …자, 다음 홍차가 왔다. 식기 전에 마시자."

찰칵찰칵! 하는 소리를 내면서 걸어오는 랜턴들.

"~랜턴♪"

그런 소리와 함께 홍차를 따르자, 다섯 명은 3년 동안 어떤 사건이 일어나고 어떤 식으로 이름을 떨쳤는가를 이야기 나누었다.

그 뒤 며칠 동안 이자요이, 흑토끼, 아스카, 요우의 순서로 커뮤니티의 운영, 용무와 휴가를 교대로 취하면서, 3년 만의 친목을 다졌다.

1주일 정도 체재한 뒤에 아스카와 이자요이는 '노 네임'을 뒤로했다.

제4장

그리고 바깥세계, '에브리씽 컴퍼니' 제2빌딩 앞.

쇳빛 비구름과 피부에 달라붙는 바람이 인상적인, 폭풍이 부는 밤의 일이었다.

요란스러운 소리를 내면서 옆에서 몰아치는 듯한 바람은 거리의 간판을 넘어뜨리고, 예쁘게 관리된 화단을 벽돌로 짓뭉갰다. 비바람을 맞아 온몸이 푹 젖어 가면서 모습을 보인 그림자, 음양과의 남성 두 사람은 목적지인 '에브리씽 컴퍼니' 제2빌딩을 확인하더니, 입구의 안내원에게 이름을 댔다.

"실례. 경시청에서 나온 츠노다 쇼고(角田彰吾), 츠치미카도 노부히라(土御門信平)라고 합니다. 쿠도 아야토 양에게 연락을 받고 왔습니다만, 어느 쪽으로 가면 될까요?"

"아야토 아가씨… 예, 미리 전달받았습니다. 15층의 응접실로 가 주시겠습니까?"

엘리베이터까지 안내받은 두 남성은 한숨 돌렸다는 듯이 크게 숨을 내쉬었다.

"으음, 비가 지독하네요."

"그래. 아야토 아가씨와 토쿠테루의 연락이 아니었으면 분명히 거부했겠지만."

"그렇죠, 그게 마음에 걸립니다! '에브리씽 컴퍼니'의 영애라면 몰라도, 바로 그 토쿠테루라는 남자는 누굽니까? 오컬트 사건 전문인 우리 음양과에 직통으로 연락할 수 있는 녀석은 그리 많지 않을 텐데."

젊은 형사, 음양과의 츠치미카도 노부히라는 선배인 츠노다 쇼고에게 물었다.

츠노다 쇼고는 머리를 긁적이면서 어떻게 설명할지 고민했다.

"그렇군…. 너는 '호법십이천'이라는 조직에 대해 들은 적 있나?"

"호법십이천이라면 소문 자자한 그 프리 에이전트 회사 말입니까?"

"그래. 웃긴 이름의 조직이지만, 일본 안팎으로 인맥이 넓은 소수 정예의 조직이지. 우리 음양과가 140년 만에 부활하게 된 것은 그들에게 원인이 있다는 모양이다."

츠치미카도 노부히라는 상사인 츠노다 쇼고의 설명에 무심코 얼굴을 찌푸렸다.

"…그거 대단하네요. 그럼 내 스승에게 재건을 명한 인물이란 소린가요?"

"그렇게 되지. 민간조직을 위장하고 있지만, 소속 멤버는 절대로 인간이 아냐. 토쿠테루를 보자면 이름 있는 신령이나 신의 화신일 걸로 보인다. 오늘 만나는 녀석들도 절대로 보통내기가 아냐."

젖은 가방에서 자료를 꺼내는 츠노다 쇼고.

츠치미카도 노부히라는 아무래도 잘 이해되지 않는 기색으로 머리를 긁적이며 웃음을 띠었다.

"진짜 수라신불이라. …뭐, 나로서는 이제 와서 놀랍지도 않지만요. 스승님도 상당한 괴물이었지만, 나를 이쪽 세계로 끌고 온 두 사람도 엄청난 괴물이었으니까."

"역시나 배짱이 있군. 음양과 유일의 행동부대는 말부터가 달라."

"무슨 말씀입니까. 행동**부대**라는 건 겉치레뿐이고, 내가 유일하게 일본 여기저기를 뛰어다니고 있을 뿐 아닌가요."

입가를 삐죽거리면서 야유를 섞어 푸념하였다.

일단 상사는 츠노다 쇼고인 걸로 되어 있지만, 현장에서의 지휘나 활동은 전면적으로 츠치미카도 노부히라가 맡고 있다. 정년퇴직이 눈앞인 츠노다 쇼고는 너무 젊은 나이인 츠치미카도 노부히라를 옆에서 돌보는 역할로 동행하는 것이다.

"흥. 너와 만나지 않았으면 오컬트가 실존한다는, 알고 싶지도 않은 진실을 직면할 리도 없었는데. 덕분에 지금도 밤에 마누라 손을 놓을 수 없다고."

"흥! 여전히 러브러브군요, 열 받게! 이쪽은 고등학교 졸업한 뒤로 죽어라고 공부하고 지옥 같은 수련을 하느라 여자랑은 인연이 없었는데! 제길, 나도 고등학생 때 그런 녀석들과 만나지 않았으면…!"

빠득빠득 이를 가는 츠치미카도 노부히라.

엘리베이터가 15층에 도착한 것은 딱 그때였다.

안내원에게 응접실로 안내받은 츠노다 쇼고는 담배에 불을 붙이면서 호기심 어린 눈을 하였다.

"전부터 묻고 싶었는데. 너를 음양과로 끌어들인 원인이란 건 어디의 누구야?"

"어라, 츠노다 씨한테도 말 안 했습니까?"

"못 들었어. 남자였다 여자였다 하니까 두 명 이상 있는 건 틀림없다고 생각하지만… 상대는 인간인가?"

"인간이지요. 인간 이상이지만, 틀림없이 인간입니다."

그 점만큼은 확실하게 즉답하는 츠치미카도 노부히라.

담배에 불을 붙인 그는 떠올리기도 무섭다는 듯이 몸을 떨었다. 커다란 한숨과 함께 담배 연기를 내뿜은 그는 숙적을 떠올리듯이 그 이름을 말했다.

"…사카마키 이자요이와 카나리아 씨. 그게 나를 이 업계로 끌어들인 사람의 이름입니다."

"뭐?"

"어, 말하자면 고등학생 때의 후배지요, 사카마키 이자요이란 녀석이! 사카마키와 만나지 않았으면 카나리아 씨와 만날 일도 없었고, 카나리아 씨와 만나지 않았으면 스승님과 만날 일도 없었는데! 즉 사카마키 자식이 나를 이 업계로 끌어들인 장본인이라고 해도 과언이 아니라고요!! 웃기고 자빠졌어, 사카마키 자식!!!!"

무시무시한 얼굴을 하면서 있는 대로 원념을 담아 외치는 츠치미카도 노부히라.

아무래도 그는 지금의 이 참상의 원인이 모두 사카마키 이자요이에게 있다고 생각하는 모양이다.

츠노다 쇼고는 눈을 껌뻑거리면서 생각하는 시늉을 하다가 다시금 츠치미카도 노부히라에게 물었다.

"사카마키 이자요이라… 이게 무슨 우연이지?"

"예?"

"아니, 이쪽 이야기야. 아직 시간도 있으니까 괜찮다면 좀 들려줘. 그 사카마키 이자요이란 녀석과 카나리아라는 여자 이야기를."

"딱히 상관없지만, 그렇게 재미있는 이야기도 아닌데요?"

"그럴 리 있겠나. 음양과의 유일한 행동부대를 이쪽 길로 끌어들인 남녀의 이야기야. 당연히 재미있겠지."

히죽히죽 웃으면서 재촉하는 츠노다 쇼고.

츠치미카도 노부히라는 울컥한 듯이 핏대를 세웠지만, 곧 다시 진정하고 담뱃불을 껐다.

고등학교 때 이야기다. 떠올리려고 해도 시간이 걸리는 건 어쩔 수 없다.

소파 등받이에 몸을 맡긴 그는 생애의 숙적… 사카마키 이자요이에 대해 말하기 시작했다.

Last Embryo

6년 전 봄.

내가 다니던 학교에는 사카마키 이자요이라는 괴물 같은 후배가 있었다.

이 녀석이 또 신기한 신입생이라서 한때 소문이 돌았다.

듣기로는, 신년이 시작되자 갑작스럽게 나타나서 편입시험을 만점으로 통과했다는 둥.

듣기로는, 그런 주제에 학교에는 좀처럼 모습을 보이지 않는다는 둥.

듣기로는, 조우 확률이 무슨 츠치노코 수준이라는 둥.

너무 눈에 띄는 신입생을 고깝게 여기는 상급생은 어느 학교에나 있는 법인데, 나나 내 패거리도 예외 없이 그런 부류였다.

애초에 우리는 최상급생.

짜증 나는 바보 집단인 선배들이 통째로 사라져 준 덕분에, 앞으로 1년 동안은 우리 세상이다.

그런데 화제를 신입생에게 죄다 빼앗긴다니, 이걸 눈감아 줄 순 없잖아?

그래서 방과 후에 불러냈지.

앞으로 안전하게 학교를 다니고 싶거든 얌전히 학교 뒤로 오라고.

......

....

....

　지금 와서 생각하면 그게 모든 재난의 시작이었다.

　미확인 괴물 뱀 츠치노코? 설남(雪男)? 아키타의 요괴? 오에의 서양귀신?

　아니, 그 녀석의 무서움을 맨몸으로 맛본 인간으로서는 그런 가공의 생물 쪽은 차라리 귀엽다. 아무리 무섭더라도 무해하니까.

　하지만 그 자식, 사카마키 이자요이는 달랐다.

　우리가 불러낸 건방진 신입생은 기쁘게 우리의 도발을 받아들이고, 축구공이라도 걷어차는 가벼운 동작으로 학교 벽을 걷어차서 뚫어 버렸다.

　그 일격에 내 패거리들은 쫄아 버렸고, 나는 그 발차기가 대충 힘을 뺀 것이라는 사실을 깨닫고 몸을 떨었다. …뭐, 지금 생각해도 신기한 일격이었지만.

　1학년 꼬맹이한테 놀림당한 우리는 분노가 머리끝에 달했지만, 콘크리트를 발차기 한 방으로 뚫어 버리는 괴물을 상대로 싸움을 걸 만큼 나는 바보가 아니다.

다리에 다이너마이트라도 달고 있는 거 아닌가 착각할 정도의 발차기를 보고 쫄지 않는 인간이 있으면 꼭 내 앞에 데려왔으면 싶다.

적어도 나 이외의 녀석은 쫄았다.

주위에서는 그냥 철없는 골목대장 정도로 여겼을지 모르지만, 나도 괜히 학교 최고의 주먹 자리에 있는 게 아니야. 진짜로 위험한 녀석이나 손을 대선 안 되는 녀석 정도는 안다.

저런 녀석은 아예 건드리지 않는 게 최고다.

본인이 적극적으로 우리랑 한판 벌이려고 하지 않는 이상, 서로 얽히지 않고 생활하는 게 최선의 선택이다.

불량배들의 파벌 다툼 같은 건 2년 전에 정리되어 당시에는 조용했다. 졸업할 때까지 조용히 살고 싶은 나로서는 그런 다이너마이트 꼬맹이와 얽힐 시간은 없다.

저건 한 번이라도 불이 붙으면 끝장, 들판을 통째로 태워 버리기 전에는 성이 차지 않는 부류의 인간이다.

내 불량배로서의 위기관리능력이 그렇게 호소하였다.

결과적으로 내 직감은 나중에 증명되었지만….

…이때는 아직 모르고 있었다.

사카마키 이자요이라는 남자가, 다이너마트 같은 것보다 훨씬 더 위험한 남자라는 사실을.

*

사건이 일어난 것은 그로부터 사흘 뒤였다.

잘 따르던 2학년 후배, 사사하라 타츠야(篠原辰也)의 행방을 알 수 없다는 이야기를 들은 나는 그 녀석의 동급생에게서 좋지 못한 소문을 들을 수 있었다.

"타츠야? 그 녀석이라면 어제 1학년 중에 마음에 안 드는 녀석이 있다며 푸념을 해댔는데요."

…….

………….

………………, 진짜냐.

나는 무심코 머리를 싸쥐었다.

절대로 손대지 말라고 그렇게 입이 닳도록 말했는데, 사흘도 못 되어서 손을 댔나.

"뭐, 그 녀석 바보니까요. 출석일수가 아슬아슬할 때까지 아르바이트를 하는 모양인데, 돈을 빌려달라고 한 적은 한 번도 없고. 분명 바보 같은 일에 부려 먹히는 거지요. 바보니까. 항상 돈이 없는 주제에 돈 뜯을 때도 다른 학교의 행패 부리는 바보밖에 노리지 않고. 자기가 무슨 산적인 줄 아나. …아, 그렇지. 돈이라니까 생각났는데, 무슨 짭짤한 아르바이트를 찾았다고 그랬습니다."

아르바이트?

"예. 지도 사진과 USB를 운반할 뿐인 간단한 아르바이트라고 했습니다. 우리 학교 선배인 아이카와(哀川) 씨에게 부탁받았다고."

학교 선배인 아이카와 씨… 그 이름을 들은 나는 통렬하게 혀를 찼다.

아이카와 씨라면 폭력사태로 재작년에 중퇴한 선배다. 지금은 진짜 야쿠자와 교류가 있는 위험한 사람이라고 들었다.

행방불명된 것에 사건성이 있다면, 그 1학년보다도 아이카와 씨의 귀찮은 일에 휘말렸을 가능성이 크다.

참고로 타츠야가 갖고 있다는 그 사진, 어떤 사진인지 알아?

"예, 폰으로 받았으니까요. 보내드릴까요?"

부탁해.

…아니, 타츠야 녀석. 그런 위험한 걸 지인들에게 뿌린 건가.

"아하하~ 녀석 진짜로 바보니까요. 눈을 뗀 사이에 죽어도 이상하지 않아요."

그렇겠군.

일단 아이카와 씨를 찾기 전에 그 1학년 쪽을 만나 볼까.

*

…그렇긴 해도 원래는 엮이고 싶지 않은 상대다.

등하교하는 일정이 불명료한 것도 문제다.

아무래도 상대는 츠치노코 수준이니까.

보통은 집 앞에서 버티고 있는 게 상책이겠지만. 그런 타입은 집까지 쳐들어가면 필요 이상으로 화낼 가능성이 있다.

만난다면 우연을 가장하는 게 바람직하다.

소문으로는 그 1학년이 자주 드나드는 시설이 있다고 한다.

그 시설 근처에서 기다리는 게 가장 효율적….

"뭐야, 또 왔냐, 너."

갑자기 누가 말을 걸어오는 바람에 큰 소리를 지르며 펄쩍 뛰었다.

설마 이렇게 빨리 발견될 줄은 생각도 못 했기 때문이다.

시설 근처에 있는 편의점에 자리를 잡은 순간 말을 걸어오다니, 내 악운도 보통이 아니로군.

문제의 1학년, 사카마키 이자요이는 슈퍼 봉투에 대량의 상품을 채워 넣고 거기에 서 있었다.

수십 명분의 카레 재료가 담긴 봉지가 실로 인상적이었다.

"미안한데, 오늘은 상대해 줄 시간이 없어. 카레 하는 날에는 홈에 돌아가기로 약속했거든."

…홈?

"저기 보호시설. 내 본가 같은 거야. …보아하니, 내가 어디 사는지 아는 느낌도 아닌 것 같은데."

의심 어린 시선을 하는 사카마키 이자요이. 아무래도 내가 이 편의점에 우연히 왔다고 생각하는 모양이다.

뭐, 그도 그렇겠지.

나도 여동생에게 듣기 전까지는 이 녀석이 보호시설 출신이라고는 생각하지 않았다. …아무래도 의외로 힘들게 사는 모양이다.

뱅뱅 도는 짓을 싫어하는 나는 타츠야가 없어졌다는 이야기를 하고, 타츠야가 아르바이트로 입수한 지도를 보여 주기로 했다.

사카마키에게 지도를 보여 주자, 여태까지의 표정에서 180도 바뀌어 흥미진진하게 들여다보았다. 그 모습은 마치 사냥감을 발견한 고양이 같았다.

…아니, 그렇게 귀여운 것도 아닌가.

고양이라기보다는 사자나 호랑이 같은 맹수가 새로운 장난감을 발견하고 어떻게 망가뜨릴까 생각하는 모습이라고 하는 편이 정확하겠지.

2분 정도 지도를 노려보던 사카마키는 뭔가 깨달은 것처럼 입꼬리를 끌어올렸다.

"아하, 기억났다. 이 섬, 인도양의 무인도야."

인도양?

"모습이 변해서 알아보기 힘들었지만 틀림없어. 이웃 섬도 기억에 있어. …하지만 이상하네. 내 기억이 정확하다면 이 무인도는 아무런 자원도 없는 섬일 텐데. 이 사진을 갖고 있는 건 학교 선배인 불한당이랬지?"

틀림없어. 최근 들어 이 근처에 돌아온 모양이고, 위험한 장사에 우리 학교 학생을 적잖게 끌어들였어.

내 주위의 녀석에게도 아이카와 씨랑 어울리지 말라고 말해놓았지만….

"…헤에?"

……?

뭐야, 그 얼굴?

"아니, 의외로 우두머리다운 짓을 한다 싶어서 감탄했어. 나한테 시비 걸 때는 그냥 흔해 빠진 골목대장인가 싶었는데 말이야."

사카마키는 그렇게 말하더니, 처음으로 내 눈을 똑바로 바라보았다.

아무래도 이 순간까지 나는 대화할 가치 있는 인간으로 여겨지지 않았던 모양이다.

다른 1학년이 그렇게 말한다면 한 방 먹였겠지만, 이 남자에게 주먹을 휘둘러 봤자 반격을 당하는 게 고작이다.

나는 사카마키의 말을 무시하고 결론을 요구했다.

그래서, 이건 대체 무슨 일이지?

설마 마약이랑 얽히기라도 한 건가?

"아니, 운반시킨 게 지도와 USB라면 마약이나 권총 같은 밀수품은 아니겠지. 아마도 무슨 정보일 텐데, 상대는 일본의 야쿠자가 아냐. 내가 생각하는 물건이라면 학생에게 운반시킬 물건이 아냐. 거래처에 무슨 문제라도 생겨서 어쩔 수 없었던 거겠지. …어쩌면 그 아이카와라는 녀석도 거기에 뭐가 든 건지 몰랐을지도 몰라."

…….

너는 타츠야의 행방을 알고 있나?

아니면 추리하는 건가?

"그렇게 거창한 것도 아냐. 그냥 심심풀이가 될 것 같으니까 말이지. 이거 갖다 놓고 좀 어울려 줄게. 네가 달리 찾으러 갈 곳이 없다면 홈의 응접실에서 기다려."

그렇게 말하며 손짓하는 건방진 1학년.

수상쩍기 이를 데 없지만, 달리 찾을 곳이 없는 것도 사실이다.

이 사진 하나만으로 타츠야에게 도달할 수 있다면 어디 구경해 보지.

*

…라고 생각했던 것도 이때까지였다.

나는 그 뒤에 깨달았다.

이 카나리아 패밀리 홈이라는 시설에는, 사카마키 이자요이라는 괴물 외에도 말도 안 되는 괴물이 더 있다는 것을.

*

카나리아 패밀리 홈의 문 앞까지 온 나는 이유도 없이 떨리는 몸을 필사적으로 다잡았다.

하얗게 칠한 외벽, 옆으로 열리는 철문.

학교의 절반 정도 크기인 그 시설에는 100명 이상의 소년소녀가 살고 있었다.

갈 곳 없는 소년소녀가 도달하는 시설이라고 생각했던 나는 어떤 비장한 느낌의 소년소녀가 나타나도 지지 않으려고 최강

의 미소를 지었는데,

"이자 형이다!! 이자 형이 돌아왔어!!"
"얘들아, 어서 나와, 어서 나와!!"
"카레를 빼앗는 거다!!"

구구구구구구구구궁!!! 하는 땅울림 같은 소리와 함께 달려오는 꼬맹이들.

멧돼지 새끼들이라도 달려오는 게 아닌가 착각한 나는 무심코 물러났다.

하지만 흉포해진 아이들은 나에게 눈도 주지 않고 사카마키 이자요이… 아니, 카레 재료에 덤벼들었다.

사카마키는 폭주하는 아이들을 무시하고 성큼성큼 걸어갔지만, 아이들은 슈퍼 봉지를 놓지 않았다.

그 결과 사카마키 이자요이에게 매달린 소년소녀들이 바닥을 질질질 끌려가는 모습이 만들어졌다.

'…아니, 잠깐만. 몇 십 명을 끌고 가는 거야?'

두 팔과 등과 머리와 슈퍼 봉지에 매달린 소녀소녀의 총합계는 가볍게 30명은 되었다.

아무리 봐도 인간이 끌고 갈 수 있는 한계중량을 초월했고, 슈퍼 봉지가 찢어지지 않는 것도 신기하다.

"어이, 뭘 멍하니 있어. 응접실은 더 안쪽에 있어. 짐을 두고 아이들을 떼어 놓으면 바로 갈 거니까 그쪽에서 기다려."

"에엣?! 오늘은 놀아 주는 날 아니었어?!"

"카레 하는 날은 항상 놀아 주잖아!!"

"평소처럼 공놀이 하자! 공은 내가 할게!"

"그보다 저 수염 누구!!"

나를 노려보며 으르릉 소리를 내고 화내는 아이들.

애들을 상대로 주먹을 휘두르는 건 싫어하는 몸이지만, 상대가 30명 오버라면 이야기는 다르다.

맨손이라면 프로레슬링으로 놀아 주는 것도 개의치 않겠지만, 장난감 상자에서 스패너나 쇠지레 같은 것까지 꺼내 와서 무장한 30명의 악동이 상대라면 진짜로 목숨이 왔다 갔다 한다.

참 나, 누가 교육시킨 거야. 나도 빛나는 도구는 쓴 적 없는데.

사카마키가 교육했나? 그럼 납득이 가는군. 나중에 선배로서 설교해 주지.

"…아, 그렇지, 이자 형. 오늘은 우시마츠 아저씨의 부인도 왔어."

"영감의 정부? 누구 말이야?"

"아냐, 부인. '정부는 그 외 다수, 본처는 유일무이. 잘 기억해'라고 엄청 미인인 누나가 말했어."

"아앙?"

이해할 수 없다는 듯이 말하는 사카마키.

우시마츠라는 이름은 나도 들은 적이 있다. 분명히 인근에서 유명한 자산가의 이름이다.

아무래도 이 카나리아 패밀리 홈은 우시마츠라는 영감님의 출자로 운영되는 모양이다.

출자자의 관계자를 기다리게 하면 시설의 앞날에 문제가 있을지도 모른다.

…어쩔 수 없지.

카레 재료 절반을 들어 줄 테니까, 어디로 가져가면 되는지 가르쳐 줘.

그리고 얼른 응접실로 가자.

*

조리실에서 나온 사카마키는 아이들을 '하찮아'라는 일축으로 쫓아 버린 뒤에 응접실로 가기 시작했다.

왜 나까지 응접실로 가고 있냐고?

그야 소문의 '엄청난 미인'을 보기 위해서지. 타츠야의 행방이라면 그 뒤에도 충분할 테니까.

기대 반, 장난 반으로 응접실 앞에 섰다.

……．

…………．

………………．

…이번에야말로 나는 후회했다.

나는 응접실에 오기 전에 사카마키에게 타츠야에 대해 듣고 얼른 도우러 가야 했다.

응접실 앞에 서기만 해도 구역질과 떨림이 멎지 않았다. 생애 두 번째로 맞는 죽음의 오한에 뇌세포가 흔들려서 현기증이 들었다.

나는 이런 장소에 오는 게 아니었다.

응접실의 문을 여는 게 아니었다.

지금 당장이라도 시설의 소년소녀의 손을 잡고 도망쳐야만 하는데.

사카마키 이자요이는 아무것도 모른 채로 문을 열어젖히고, 그 괴물의 앞에 섰다.

＊

사카마키 이자요이가 문을 열자, 그 앞에는 두 성인 여성이 앉아 있었다.

한 명은 쇼트커트의 금발과 인품 좋은 미소가 특징적인 여성.

사카마키와 나를 본 그 여성은 미소를 지으며 손을 흔들었다.

그 여성을 본 사카마키는 더 이상은 불가능할 정도로 귀찮다는 얼굴을 하였다.

"어이, 카나리아. 퇴원은 다음 주 아니었어? 아니면 또 빠져나왔어?"

"홈이 그리워져서 조기 퇴원했어. 이번에는 병원장의 허가를 받았거든?"

"당연하지, 바보. 다음에 쓰러지면 안 데려다줄 테니까."

퉁명스럽게 말하면서 허리에 손을 짚는 사카마키.

윗사람을 상대로 꽤나 무례한 말이었지만, 카나리아라고 불린 여성은 불쾌한 얼굴을 하는 일도 없이 실실 웃으며 어깨를 으쓱였다.

서로 속내를 잘 아는 사이겠지.

사카마키는 또 뭐라고 하려고 했지만, 다른 여성의 존재를 깨닫고 시선을 돌렸다.

"…그리고 그쪽의 댁이 우시마츠 영감의 본처야?"

"글타. 그라는 니가 소문의 이자요이 소년이가?"

화려한 나비 무늬가 들어간 코트를 입고, 불을 붙이지 않은 곰방대를 손가락으로 만지작거리는 흑발 미녀. 아마도 소년소녀들이 말했던 엄청난 미인이란 이 여성이겠지. 어깨부터 가슴까지의 아름다운 몸매는 실로 매력적이라서 보통 고등학생이라면 시선을 어디에 둘지 몰라 이리저리 눈을 돌릴 것이다.

억양이 다소 이상한 사투리 발음인 것을 생각하면 일본에서 나고 자란 것은 아닌 모양이다. 어쩌면 누군가에게 배운 일본어가 이런 사투리였을지도 모른다.

그녀의 미소는 우호적인 빛을 띠었지만, 눈동자 안으로는 사카마키를 품평하는 듯한 감정이 보였다.

"흐응…. 우시마츠 영감이 결혼했다는 이야기는 못 들었는데…."

"우리 바깥양반이야 괴짜니까. 호적에 넣기는 했지만, 드러내는 건 싫다더마. 와 그랄까?"

"그야 부인의 유무를 드러내면 대놓고 놀 수…."

"이자요이 군. 그 이상은 안 돼."

가볍게 웃으면서 사카마키를 제지하는 카나리아.

사카마키는 어깨를 으쓱이며 대화를 멈추었다.

"뭐, 좋아. 우시마츠 영감은 홈의 출자자 중에서도 제일 큰손이니까. 오늘은 환영하지."

"그래, 솔직해서 좋아. 뭐, 오늘은 얼굴 좀 보러 왔을 뿐이니까, 차나 마시고 바로… 음?"

우시마츠 부인은 내 쪽을 보더니 의아한 듯이 고개를 갸웃거렸다.

"…그쪽의 소년은 와 그라나? 얼굴이 새파란데?"

"……!"

걱정스러운 시선을 보내기에 무심코 눈을 돌렸다.

하지만 여태까지 직시했던 것은 우시마츠 부인의 얼굴이 아니다. 내가 응시했던 것은 그녀의 머리 위에 있는, 존재해선 안 되는 것을 응시했을 뿐이다.

사카마키도 알았을 거라 생각했지만, 그런 기색은 전혀 보이지 않았다. 설마 그만한 힘을 가졌는데도 이 남자는 이쪽 인간이 아닌가?

내 본가에서도 이 정도 영격의 요괴는 본 적이 없다. 아니, 이런 게 현세에 현현한다는 게 말이 안 된다. 보통 사람이라면 같은 공기를 마실 수도 없을 거다.

온몸에서 식은땀을 흘리고 이를 딱딱 부딪치면서 다시금 우시마츠 부인의 머리 위를 보았다.

우시마츠 부인의 아름다운 머리를 가르듯이 솟은 그것은… 잘못 볼 리 없을 정도로 흉악한 오니의 뿔이었다.

'믿기지 않아…!! 우리 본가를 수호하는 오니와 비교해도 영격이 세 자릿수는 달라! 틀림없는 진짜 오니잖아…!!!'

내 본가, 츠치미카도 집안은 오래된 음양사 가문이다.

정부가 메이지 2년에 '음양료'를 폐쇄한 뒤에도 국가 공인 음양사로 계속 활동하며, 커다란 재해를 사전에 탐지하여 경고하는 역할을 가졌다.

하지만 세상에 나도는 판타지 소설 정도의 힘은 이미 츠치미카도 가문에 남아 있지 않고, 전통행사로 매년 한차례 기도를 올리는 정도의 일밖에 하지 못했다.

그래… 적어도 나와 내 여동생이 태어날 때까지는.

"…음? 혹시나 소년, 내 이게 보이는 건가? 솔직히 말해 볼래?"

"으, 윽…!!"

그렇게 날아온 언령(言靈)에 순식간에 속박되었다.

한순간이나마 저항했던 것은 기적이라고 할 수밖에 없다.

앞머리를 만지는 동작을 보이며 말한 우시마츠 부인, 하지만 실제로는 그녀의 뿔을 만졌다.

혹시나 보인다고 말했다간 무슨 꼴을 당할지 알 수 없다.

내가 필사적으로 저항하고 있는데, 곧 카나리아라는 여성이 우리 사이에 끼어들어서 짜악!! 하고 큰 소리로 손뼉을 쳤다.

"그렇지, 이자요이 군. 혹시 괜찮으면 우시마츠 부인에게 카나리아 패밀리 홈을 안내해 줄 수 있을까?"

"어? 왜 내가…."

"부탁할게. 아무래도 그쪽 소년에게는 우시마츠 부인의 복장이 자극적인가 봐. 그녀는 원래 이자요이 군을 만나러 온 모양이니까, 잠깐 이야기라도 나눠 줘. 알겠지?"

두 손을 모으고 윙크하는 카나리아라는 여성.

사카마키는 어쩔 수 없다는 듯이 우시마츠 부인을 데리고 방을 나갔다.

그때 우시마츠 부인은 내 귓가에 이렇게 속삭였다.

"너… 그 눈깔, 참 맛있겠구나."

"…………!!!"

온몸에서 넘쳐 나는 식은땀과 비지땀.

정신을 잃지 않았던 게 신기할 따름이다. 내장이 휘저어지는 듯한 공포심에 필사적으로 저항한 나는 뒤에서 문이 닫히는 동시에 무릎이 풀려 주저앉았다.

그런 내게 카나리아라는 여성이 황급히 달려왔다.

"놀라게 해서 미안해. 설마 저 언니의 변신술을 간파하는 인간이 있을 줄은 몰랐어."

"그, 그럼 역시 당신에게도 보이는…?"

"당연하지. 하지만 안심해. 내 눈이 닿는 범위에서는 못된 짓을 하지 않는다는 계약이니까. 네게 위해가 가는 일은 절대로 없어."

네 안전을 보장할게.

아무런 근거도 없는 말일 텐데, 그 말만으로 내 온몸에 다시 피가 돌기 시작한 듯했다. 본능적으로 이 여성은 신뢰할 수 있다고 느낀 나는 손을 잡고 이끄는 대로 소파로 이동했다.

차 대접을 받은 나는 내 신상과 여기에 온 경위를 모두 이야기하기로 했다.

＊

"하아~ 이것 참 기이한 일이네. 설마 츠치미카도 가문의 자손과 이자요이 군이 아는 사이라니. 세상은 넓은 듯하면서 역시 좁아."

후루룩, 하고 차를 마시면서 절절한 기색으로 고개를 끄덕이는 카나리아 씨.

"그리고 츠치미카도 가문의 영능력 문제인가 싶었는데, 친구의 실종 문제였다니. 기대가 배신당한 건 오랜만이야."

왠지 즐거운 눈치로 타츠야가 보낸 사진을 들여다보는 카나리아 씨.

영능력 문제라는 건 역시 나의 이 영시(靈視) 능력 말입니까?

"그것도 있을까. 츠치미카도 가문은 아베노 세이메이와 관련 있는 유서 깊은 음양사 가문이잖아? 그런 특별한 혈통을 가진 인간이 너처럼 격세유전 등으로 눈뜨기 시작하고 있어. 각성자라고도 불리지만."

으, 으음.

뭔가 라이트노벨 같은 이야기네요.

"아하하, 그러네. 하지만 네 재능은 제법 놀라운 데가 있어. 언니의 뿔을 한눈에 간파하는 건 보통 술자로는 불가능해."

아니, 그런 칭찬을 들어도 기쁘지 않습니다.

보일 뿐이지 대처법을 아는 것도 아니니까, 보여 봤자 손해 아닙니까.

"그도 그러네. 그러니까 이번에는 그렇게 보이는 것에 대한 의논일까 했는데… 으음, 난처한데. 네가 가져온 이 사진, 틀림없이 해외 마피아의 것이야. 영능력 관련이 아냐."

카나리아 씨의 말에 순식간에 핏기가 가셨다.

영능력 문제라면 그녀에게 맡길 수 있을지도 모른다고 낙관했기 때문이다.

하지만 그녀는 어떻게 이 사진 한 장만으로 해외 마피아라는 결론에 도달한 거지?

"으음, 그걸 설명하자면 일단 약간의 지식이 필요해. 이건 가벼운 퀴즈 게임인데, 현재 '세계에서 가장 많은 양이 소비되는 자원'이 뭔지 너는 알고 있어?"

'세계에서 가장 많은 양이 소비되는 자원'… 흐음, 뭘까.

니켈이나 티타늄 같은 희소금속은 소비량 자체가 그렇게 많지 않고, 금이나 은 같은 귀금속도 사람들이 찾긴 하지만 소비량은 그리 많지 않다.

물은 소비라기보다는 모습을 바꾸어 여러 형태로 세계를 도는 자원이다.

그렇다면 역시 제일 소비량이 큰 것은… 목재, 일까?

"후후, 아쉽네, 틀렸어. 정답은 더 가까이에 있는 것으로, '모래'라는 자원이야."

모, 모래?!

"그래, 모래. 하지만 한 알 한 알에 가치가 있는 게 아냐. 수백 톤, 수천 톤, 수만 톤이라는 막대한 양을 경제의 고도성장기를 맞은 나라들이 사들이고 있어."

하, 하지만 모래처럼 어디에나 있는 것을 왜 그렇게 대량으로 사들입니까?

"어머, 어디에나 있다는 건 편견이야. 대량의 모래를 입수하려면 국토를 깎아 낼 필요가 있고, 때로는 섬을 깎아 없애서 지도를 고쳐 쓰는 자도 있어. 반대로 대량의 모래를 입수할 수 있으면 나라의 영해를 메워서 영지를 넓힐 수도 있고, 가공해서 콘크리트를 대량 생산하면 거대한 빌딩을 여러 채 세울 수도 있어. 최근 고도성장기를 맞은 나라들은 외국에서 모래를 들여오는 '모래 마피아'에게서 대량의 모래를 구입하고 있지."

…진짜입니까.

"진짜야. 세상에 드러나기 시작한 건 정말로 최근의 일이지만."

하지만 다른 나라에서 대량의 모래를 들여오면 그 나라는 영지가 줄지 않습니까?

"바로 그래. 즉 한없이 합법에 가까운 영지의 강탈이란 소리야. 이 사진의 섬은 모래 마피아가 깎아서 없애고 있는 곳. USB에는 어디로 운반하는지 기록이 들어 있을지도 몰라."

상상했던 것보다 스케일이 큰 절도사건에 나는 무심코 눈이 핑핑 돌았다. 나라가 관리하지 않는 외딴 섬들이란 것은 세상에 얼마든지 존재한다.

그런 외딴 섬을 비밀리에 갈아 내 다른 나라에 팔고 있었다니, 보통 학생이 알 리가 없다.

"뭐, 거래 상대가 일본의 기업인 것은 나도 이상하게 생각해. 산악지대가 많은 일본은 아직 깎아 낼 만한 땅이 있을 텐데. 일본 기업이 누구에게도 들키기 싫은 미지의 거대시설이라도 만들고 있다면 이야기는 다르지만."

그, 그렇군요…. 그러면 타츠야가 어디에 있는지 알겠습니까?

"아니, 이미 살해되지 않았을까?"

"……?!"

"이 사진을 뿌렸다고 그랬잖아? 마피아가 보자면 절대로 들키면 안 되는 정보가 불특정 다수에게 뿌려진 셈이고, 보복으로 죽였을 가능성이 크지 않겠어?"

쉽사리 죽음을 말하는 카나리아 씨를 나는 분노한 표정으로 노려보았다.

하지만 그 말 자체는 지극히 옳다. 납치한 놈들이 타츠야를 살려 둘 이유가 없다. 이 이상 움직이면 나나 다른 이들에게도 위해가 미칠지 모른다.

"그런 거야. 너라면 이자요이 군이 지켜 줄 거라 생각하지만… 그 외의 애들은 보증하기 어려워. 사진도 봤고. 그러니까 여기서 손을 떼는 게 무난하지 않을까? 아니면 그 타츠야라는 애는 네가 목숨을 걸 정도로 소중한 친구야?"

…….

………….

……………….

타츠야는….

타츠야는 멍청한 녀석입니다.

"응. 그래서?"

6형제의 장남으로, 가계를 위해서 필사적으로 아르바이트하고, 우리랑 놀 시간을 쪼개면서까지 다른 형제를 돌보는 녀석입니다.

돈을 뜯어낸다고 해도 걸어온 싸움에 응할 뿐이지, 그 이외의 보통 학생에게서 약탈한 적은 한 번도 없습니다. 주위 동료도 '타츠야는 바보다', '가족을 위해서만 돈을 쓴다', '우리랑도 좀 놀자고, 멍청아'라고 말하지만 녀석을 도와주는 녀석들뿐입니다.

지금도… 지금도, 저 이외의 녀석들도 타츠야의 행방을 찾아다니고 있습니다.

"…그래. 그래서 넌 어쩔 거지?"

카나리아 씨는 아까 이렇게 말했습니다.

'사진을 뿌려서 보복당했다', '사진을 받은 우리도 위험하다'라고.

하지만 저는 물론이고, 제 동료들도 실종되거나 위해를 입었다는 이야기는 아직 없습니다.

즉 놈들은 아직 타츠야에게서 우리에 대한 정보를 듣지 못했다는 소리 아닙니까?

그리고 타츠야가 입을 열기까지, 타츠야를 살려 둘 가능성도 있지 않나요?

"……. 후후, 과연 그럴까? 이미 입을 열어서 처리되었을지도?"

타츠야는 동료를 파는 녀석이 아냐!!!

"…그거, 보증할 수 있어?"

물론이라며 나는 힘주어 끄덕였다.

그러자 카나리아 씨는 지금까지의 엄격한 표정을 지우고 발길을 돌리더니, 코트를 손에 들고 윙크를 보내왔다.

"좋아. 그렇게까지 말한다면 기꺼이 도와주겠어."

저, 정말입니까?!

"물론. 다만 조건을 몇 가지 붙일 건데 괜찮을까?"

예!

제가 할 수 있는 일이라면 뭐든지 말해 주세요!

"어머나, '뭐든지 하겠습니다'라는 말을 쉽사리 하면 안 돼. 특히나 이쪽 세계의 인간을 상대로는."

가볍게 웃으면서 나를 나무라는 카나리아 씨.

나는 부끄러워져서 머리를 긁적이며 끄덕일 수밖에 없었다.

"그럼 먼저 첫 번째. 너는 네 힘을 제대로 쓸 수 있도록 어떤 사람의 제자로 들어가도록 해. 이건 너의 영능력을 제대로 컨트롤하기 위한 것이기도 하고, 너 자신의 안전을 위한 것이기도 해."

어…. 그래도 괜찮습니까?

저로서는 오히려 감사히 받아들이겠지만요.

"후후, 지금 것은 전제조건. 내 진짜 바람은 말이지, 언젠가 이자요이 군이 정말로 곤경에 처했을 때 조금이라도 힘을 빌려 줬으면 해."

사카마키에게 말입니까.

아니, 하지만 나 같은 게 사카마키의 힘이 될 기회가 있을까요?

녀석은 머리도 좋고, 힘도 있죠. 그저 방해만 될 것 같은데요.

"그건 그때의 일이야. 사실은 내가 힘을 빌려주고 싶지만 말이지, 그 애가 정말로 곤경에 처했을 때에 **나는 그 애의 곁에 있어 줄 수 없을 테니까.**"

…….

………….

………………..

알겠습니다. 되는 데까지는 해 보겠습니다.

"고마워. …좋아, 의욕이 솟아났어! 이자요이 군을 데리고 악당 퇴치에 나서 보실까!"

어… 녀, 녀석도 데려가는 겁니까?!

"당연해. 그 애라면 기꺼이 가세할걸. …아, 하지만 조심해. 네 영능력이나 언니의 정체에 대해 그 애는 **눈치채지 못하니**

까. 만에 하나 그 이야기를 그 애에게 하면 너도 혼내 줄 거야♪"

빠앙, 하고 검지로 나에게 총 쏘는 시늉을 하며 웃는 카나리아 씨.

나이에 걸맞지 않은 애교와 시원스러움에 마음이 흔들린 것은, 나중에 생각하면 좀 정신이 나갔던 게 아닐까 싶다.

그 뒤의 일은 말할 것도 없다.

사정을 듣고 호기심이 폭발한 사카마키 이자요이와 뒷사정에 정통한 카나리아 씨의 은폐공작으로 타츠야는 아슬아슬한 순간에 구출되었다.

…타츠야가 어떤 고문을 당했는지는 일부러 생략하도록 하겠다.

결과만 말하자면 타츠야는 어떤 고문을 받고도 우리를 파는 짓을 결코 하지 않았다.

후유증이 몸 곳곳에 남았지만, 카나리아 씨가 소개해 준 병원에서 치료받은 덕분에 지금은 평범하게 일할 수 있다고 들었다.

몇 년 뒤에 카나리아 씨가 죽었다는 이야기를 들었을 때에는 스스로도 놀랄 정도로 쇼크를 받았지만… 그래도 그때의 가슴의 고동은 그냥 잠깐의 실수라고 믿는다.

사카마키 이자요이는 사건으로부터 1년 뒤 실종되어서 한 번도 만나지 못했다.

마음에 걸리는 게 있다면 카나리아 씨와의 약속을 지킬 수 없었던 것이다. 처음부터 사카마키 이자요이에게 도움 따윈 필요 없다고 생각했지만, 그래도 그 기회를 영원히 잃었다고 생각하면 역시나 괴롭다.

*

담배 세 대를 다 피운 츠치미카도 노부히라는 아쉬운 듯이 창밖의 폭풍을 노려보았다.

"…내가 음양과에 들어온 계기는 말하자면 그런 겁니다. 카나리아 씨가 말했던 '이자요이 군의 힘이 되어 줘'라는 것은 이 부서에서밖에 할 수 없기 때문이라고 생각하기에, 이 최악의 부서에서 어떻게든 버티는 겁니다."

"그럼… 네가 이 완전 블랙블랙한 부서에서 계속 싸우는 것은…."

"예. 스승님이 시켜서가 아닙니다. 하지만 문제의 사카마키 이자요이가 어디에 있는지 모르는 상황이니 내가 어디로 가야 좋을지 알 수 없는 채로 이 부서에서 계속 속만 끓이고 있지요. …그게 괴롭다고 요즘은 생각합니다."

착각이라고 해도 마음을 주었던 사람의 유언을 달성할 수 없는 채로 있는 건 뒷맛이 이만저만 나쁜 게 아니다. 츠치미카도 노부히라는 그 바람을 이루는 날까지 언제까지나 그 고통을 짊어지고 있게 되겠지.

음양과에 들어오는 불가사의한 사건들에는 특이한 힘을 가진 이들이 많이 있다. 혹시 사카마키 이자요이가 일본에 있다면 언젠가 재회할 수 있을지도 모른다.

그런 한 가닥 희망을 걸고 츠치미카도 노부히라는 음양과에서 계속 일하고 있다.

처음으로 츠치미카도 노부히라의 마음을 알게 된 츠노다 쇼고는 어째서인지 의미심장한 웃음을 띠고 한쪽 팔로 턱을 짚었다.

"그래. 그럼 오늘까지 이 악물고 버틴 보람이 있었군."

"…예?"

"자료정리를 죄다 나한테 떠넘기니까 천벌을 받은 거야. …우리를 부른 인간의 일람을 읽어 봐. 네가 고대하던 남자의 이름이 실려 있다고."

"……예???"

이해를 거부하듯이 소리친 다음 순간.

응접실의 자동문 너머에서 네 명의 남녀가 모습을 보였다.

*

"…앙? 누군가 했더니 주먹대장이잖아. 이런 데서 뭐 해?"

폭풍에 몸이 젖은 그 남자는 내심 신기하다는 듯이 츠치미카도 노부히라를 '주먹대장'이라고 불렀다. 그 외에 동석한 남녀… 쿠도 아스카, 쿠도 아야토, 그리고 미카도 토쿠테루는 동시에 고개를 갸웃거리며 물었다.

"주먹대장? 그건 학교의 보스를 뜻하는 말입니까?"

"이자요이 군의 지인이야?"

"음. 학생 시절에 내가 다니던 학교에서 주먹대장 행세하던 녀석이야. 하지만 왜 여기에? '에브리씽 컴퍼니'에 취직이라도 했어?"

츠치미카도 노부히라… 아니, 주먹대장에게 다가오는 사카마키 이자요이. 하지만 장본인은 갑작스러운 재회에 머릿속이 새하얗게 되었다. 방금 전까지 애수 넘치게 말했던 상대가 눈앞에 나타났으니 혼란스러운 것도 무리는 아니다. 1분 정도 굳어 있던 주먹대장은 갑자기 이자요이의 멱살을 잡고 소리쳤다.

"이… 이 자식, 여태까지 어디서 뭘 했어!! 음양과의 정보망에 걸리지 않는 걸 보면 해외에라도 간 거 아니었냐?!"

"뭐? 그야 국외라는 의미로는 국외일지도 모르지만, 왜 주먹대장이 날 찾는데? 아니, 음양과의 인간이라는 게 주먹대장 이야기였어?"

"시끄러, 문제 있냐? 내가 음양과에서 유일한 행동부대라고!

그리고 아까부터 남을 왜 그렇게 불러대는데! 거슬리잖아. 이 제 학생도 아니니까 제대로 이름으로 불러!!"

"아니, 난 네 이름 모르고."

"모르는 거냐. 은근히 마음에 상처 입는다고, 이 멍청이 자식 아!!!"

왜 이렇게 화를 내는 건지 전혀 이해가 되지 않아서 물음표 를 대량으로 떠올리는 이자요이.

옆에서 얼떨떨해진 아스카는 넌지시 아야토에게 말을 건넸다.

"완전히 잊고 있었지만, 이자요이 군에게도 학생 시절이 있 었네."

"그, 그렇군요. 이자요이 씨가 어떤 학생 시절을 보냈는지 아 주 궁금합니다."

아스카와 아야토는 나중에 저 사람에게 자세한 이야기를 들 어 보기로 서로 결심했다.

한편 미카도 토쿠테루는 츠노다 쇼고와 악수를 나누었다.

"미안해, 쇼고. 갑자기 불러내서."

"일이니까 신경 쓰지 마. '호법십이천'이 수사를 도와준 적 도 있고, 내 역할은 이 반푼이를 너희 앞에 데려오는 거지. … 하지만 조심해. 로마는 지금 엄청나게 수상쩍은 동네가 되었어."

츠노다 쇼고의 충고를 진지하게 받아들이는 토쿠테루.

주먹대장에게 붙잡혀 있던 이자요이는 그를 밀쳐내고 이야기에 끼어들었다.

"로마? 다음 무대는 로마야?"

"그래. 그리고 거기 있는… 어, 주먹대장? 인가가 안내인 중 한 명이다."

"주먹대장이라고 하지 마, 츠치미카도 노부히라다!!!"

"츠치미카도? …어, 주먹대장은 츠치미카도 가문 사람이야? 그럼 아베노 세이메이의 자손?"

"그래, 반응이 늦어!! 나한테 지옥 같은 수행을 시킨 건 그 사람이야!! 그리고 뭐라고 대꾸하기도 피곤해!!"

숨을 헐떡이는 주먹대장.

응접실에 전화가 걸려온 것은 바로 그때의 일이었다.

내선 이외에는 연결될 리 없는 전화였던 만큼 아야토는 놀랐지만, 이자요이가 말없이 받으라는 눈치를 보냈다.

계속해서 울리는 전화를 아야토가 받자, 핸즈프리 기능으로 방 안에 소리가 울렸다.

[여어, 안녕들 하신가, 참가자 제군! 안내역에게로 잘 도달한 모양이로군?]

"…안내역에 대해 아는 걸 보면, 당신은 모형정원 관계자라고 생각하면 되는 겁니까?"

아야토가 매서운 목소리로 묻자, 남자는 경박한 웃음소리와 함께 이름을 댔다.

[이거 실례. 나는 거기 바보 제자의 스승으로, '아베노 세이메이'라고 불리는 남자다용.]

"켁…!!"

"아, 아베노 세이메이?! 쿠즈노하 씨의 아드님??"

[어라? 어머니를 아는 걸 보니, 소문의 아스카도 거기에 있는 모양이로군. 출자자인데 인사하러 가지 못해서 미안해. 내 관할은 정말로 바쁘고 바빠서 차를 즐길 짬도 없는 상태야.]

"거짓말 마. 십이천 중에서도 너는 대기조잖아. 우리 노동량의 절반도 안 되잖아."

이번에야말로 그 자리에 있는 전원이 놀랐다.

구미호를 퇴치한 음양사로 이름 높은 아베노 세이메이가 '호법십이천'의 화신으로 그 자리를 채우고 있다고는 상상도 하지 않았던 게 틀림없다.

당사자인 아베노 세이메이는 경박하게 낄낄 웃었다.

[으음, 그립군. 꽤나 오래전에 염라대왕의 도장(圖章)을 맡은 이후로, 염마천(閻魔天)의 신격에 계속 속박되어 있지.]

아베노 세이메이의 일화에 이자요이가 반응했다.

"염라대왕의 도장… '결정왕생(決定往生)의 비인(秘印)' 관련의 일화인가?"

[그래. 운명을 바로잡는 생과 사의 비인이 그대로 염라대왕의 영격이었던 거야. 이번에는 바깥세계에서 기프트 게임을 하

는 것도 있어서, 사고사가 일어나지 않도록 내가 불려 왔어용. 그러지 않았으면 나 같은 게 불려 올 일이 없을 텐데용.]

수화기 너머에서 힘없이 한숨을 내뱉는 아베노 세이메이.

느긋한 그 목소리가 보여 주듯 본인은 능력 없는 인간 행세를 하고 싶은 모양이다.

하지만 십이천으로까지 뽑히는 인간이 그렇게 얕은 인간일 리가 없다.

[뭐, 잡담은 이쯤하고 본론으로 넘어갈까. 일단 거기 있는 애제자에게 모형정원에 대해 가르쳐 주고 싶지만, 상관없을까?]

"물론이야. …아니, 쇼고는 밖이나 밑에서 기다리는 편이 좋겠어. 머리가 혼란스러울 게 틀림없으니."

"그러도록 하지. 내 일은 거기 반푼이를 여기까지 데려오는 거니까. 너도 고생이겠지만 잘 해 봐라."

주먹대장의 가슴을 툭 두드리고 퇴장하는 츠노다 쇼고.

주먹대장은 납득할 수 없다는 얼굴을 했지만, 이것도 일이다. 게다가 그렇게 찾아다녔던 사카마키 이자요이가 간신히 자신의 눈앞에 나타났다.

과거의 빚을 정리하기에 더 없는 기회다.

마음을 굳힌 츠치미카도 주먹대장은 아베노 세이메이에게서 신들의 모형정원에 대한 설명을 듣기로 했다.

＊

"……………………………………………진짜냐."

모형정원의 설명을 듣기 시작한 지 약 한 시간.

이세계, 수라신불, 신들의 모형정원, 그리고 세계의 위기에 이르기까지의 모든 설명을 들은 츠치미카도 주먹대장은 빙빙 도는 눈으로 쥐어 짜내듯이 말을 이었다.

바깥세계에서 오컬트 사건을 전담해 온 그에게도 이번 해설은 상식의 범주 밖에 있을 게 틀림없다.

"하지만… 그래. 그걸로 의문이 조금 풀렸어. 내가 만났던 카나리아 씨나 우시마츠 부인은 신들의 모형정원에서 넘어온 주민이었던 건가. 어쩐지 영격이 말도 안 된다 싶었어."

"그걸 한눈에 이해한 너도 대단하지만."

[내 제자의 최대의 장점이자 최대의 불행은 그 눈이라서 말이에용. 그 눈이 있으면 타마모노마에의 요괴 변화도 쉽사리 간파할 수 있지. 수련에 따라서는 '진실을 폭로한다'는 영역까지 진화하는 것도 불가능하지 않아용. 모형정원에서도 그럭저럭 프리미엄이 붙는 물건이지용.]

맞는 말이라며 끄덕이는 일동.

그럭저럭이냐며 투덜대는 츠치미카도 주먹대장.

하지만 그가 모형정원에서 생활하는 건 어려울 것이다.

수라신불이 활보하는 모형정원에서 살기에 츠치미카도 주먹 대장의 눈은 너무 잘 보인다. 모형정원의 길목에서 강대한 힘을 숨긴 악귀와 맞닥뜨리면 정말로 다리가 풀릴 게 틀림없다.

"어어…. 그래서 뭐랬더라? 그 기프트 게임이라는 신들의 게임의 안내역 중 하나가 나란 소립니까?"

[그래. 주권전쟁의 다음 무대에는 내 제자가 안내해 줄 거예용.]

마지막 말은 아스카를 포함한 전원에게 한 말.

사실은 음양과에 연락을 넣은 것은 아스카와 아야토, 그리고 토쿠테루뿐이었지만, 이자요이가 우연히 동석했던 것은 어떠한 운명이 작용했기 때문일지도 모른다.

"그럼 정말로 그가 안내역이구나…. 2회전 무대는 어디야?"

[장소는 이탈리아의 수도 로마. 거기에서 곧 세계를 뒤흔드는 일대 이벤트가 개최되지용. 거기에 내 제자와 함께 가도록 해용.]

"뭐?! 아니, 잠깐만, 스승님! 갑자기 로마에 가라고 해도 나한테도 사정이란 게…."

[? 네 사정이랑 무슨 관계가 있지?]

"아니… 그, 그럼 하다못해 여비 정도는…."

[나올 리가 없잖아, 너 바보냐?]

"좋았어. 다음에 만나면 반드시 패 줄 테니까 각오해, 이 망할 스승!"

분노에 젖어 기염을 토하는 츠치미카도 주먹대장.

하지만 로마라고 해도 간단히 특정하기는 어려울 것이다. 이렇게 주권전쟁의 운영과 관련된 인간과 연락이 되었으니 조금이라도 정보를 끌어내고 싶다.

사카마키 이자요이는 수화기로 다가가서 질문을 시작했다.

"로마의 일대 이벤트라고 했지. 그건 1년에 한 번 있는 건가?"

[NO로군. 그런 이벤트가 매년 있으면 전 세계가 혼란일 거예용.]

"……. 그럼 십여 년에 한 번 있는 이벤트로군."

[YES네용. 적어도 그 정도 텀은 필요해.]

아베노 세이메이와의 문답을 곱씹어 보던 이자요이의 표정은 점점 험악해졌다.

아스카나 아야토에게는 이해할 수 없는 문답일지도 모르지만, 이자요이에게는 충분한 정보가 되었을지 모른다.

이탈리아의 수도 로마에서 행해지는 일대 이벤트.

십여 년에 한 번밖에 열리지 않는다.

매년 했다간 세계가 혼란스러워진다.

이 정도의 정보를 바탕 삼아서 이자요이는 마지막 질문을 던졌다.

"그 이벤트란 놈은… **누군가가 죽어야 시작되는 건가?**"

[YES.]

쿠왕!!! 소리와 함께 근처의 책장을 걷어차 쓰러뜨린 이자요이는 서둘러 모두의 앞에서 사라지려고 했다. 그답지 않게 물건에 화풀이를 한 데다, 안내역도 없이 어디로 가려는 걸까.

아스카와 아야토는 서둘러 이자요이를 붙잡았다.

"자, 잠깐만 기다려, 이자요이 군! 모처럼 안내역과 만났는데 같이 가는 게 좋잖아!"

"저도 그렇게 생각합니다. 예상 밖의 전개였습니다만, 이것도 무슨 인연이겠죠. 같이 로마에 가면⋯."

"그럴 시간은 없어. 일은 한시를 다퉈. 경우에 따라서는 실격이 될 가능성도 있으니까, 너희는 따라오지 마."

뒷모습에서 노기를 내뿜는 사카마키 이자요이는 그 말만 남기고, 그 자리의 전원을 그대로 놔둔 채로 재빨리 떠나갔다.

얼떨떨해져서 그대로 그 뒷모습을 지켜보는 일동.

유일하게 토쿠테루만이 수화기 너머에 있는 아베노 세이메이를 향해 군소리를 하였다.

"너⋯ 여전히 성격이 썩었군."

[아하하~ 미안해, 사장. 이야기로 들은 것 이상으로 순정에 올곧은 청년이었으니까, 조금 놀려 주고 싶어졌을 뿐입니다용. 설마 그 정도 정보로 전모를 파악하고 혼자 로마에 가려고 할 줄은 몰랐어. 큰일이네, 큰일이야.]

전혀 큰일이 아니라는 분위기로 그렇게 말하며 이마를 두드리는 아베노 세이메이.

이야기를 듣고 있던 아스카와 아야토도 긴박한 기색으로 물었다.

"아까는 그렇게 말했지만, 누군가가 죽어야 시작되는 게임이라는 말은 나도 흘려 넘길 수 없어."

"동감입니다. 마왕의 게임이라면 모를까, 이건 모형정원의 수호자들이 하는 정통 기프트 게임. 죽음을 용인하고 하는 게임은 상식을 의심하지 않을 수 없겠지요?"

엄한 목소리로 아베노 세이메이와 토쿠테루를 규탄하는 두 사람.

기프트 게임은 부조리한 룰로 이뤄지는 경우가 많지만, 죽음으로 게임이 시작된다는 것은 너무 악랄하다. 바깥세계에서 한다면 더더욱 그렇다.

츠치미카도 주먹대장은 험악한 눈으로 물었다.

"…그래서 어때, 스승님. 나는 스승님을 믿지만, 의심받아도 어쩔 수 없는 상황이라고 생각해."

[내가 말할 수 있는 건 여기까지예용. 이 이상은 너희 눈으로 진실을 확인하도록. …괜찮아. 너희라면 분명 진실에 도달할 거야.]

아베노 세이메이와의 통화는 그걸로 끝났다.

목소리의 주인이 진짜로 아베노 세이메이였는지는 아스카나 아야토로서는 판별이 가지 않았다. 하지만 기프트 게임을 위해 부당하게 목숨을 빼앗기는 누군가가 있다면, 그걸 결코 간과해선 안 된다.

"아야토 양, 이자요이 군을 쫓아가자! 지금이라면 따라잡을 수 있어!"

"알겠습니다. 토쿠테루 씨는 어떻게 하겠습니까?"

"나는 다른 일이 있으니까 못 가. 여기서부터는 참가자와 안내역끼리 갈 수밖에 없어. …츠치미카도. 너도 그거면 되지?"

"당연하지. 이래 보여도 세간에는 경찰인 걸로 되어 있어. 인간이 부조리하게 죽는다는 말을 들으면 가만히 있을 수 없지."

츠치미카도 주먹대장의 말에 토쿠테루는 살짝 표정을 풀었다.

이자요이를 쫓는 형태로 달려가는 세 사람은 폭풍 속에서 이자요이를 찾았다. 다행스럽게도 버스 정류장 근처의 편의점에 이자요이는 있었다.

세 사람의 모습을 확인한 이자요이는 편의점의 취식 공간에 자리를 잡고 의도를 물었다.

"나를 따라온 걸 보면 아가씨 두 사람도 이 부조리한 게임에 화가 났다고 생각하면 될까?"

"거기에 대해서는 이자요이 군에게 자세한 이야기를 듣지 않으면 뭐라고 할 수 없어."

"이하동문입니다. 주먹대장 씨도 분명 같은 마음입니다."

"아니, 그렇긴 한데, 그 주먹대장이란 말 좀 그만둘 수 없어? 진짜로 창피하니까."

뾰난 눈치로 정정을 요구하는 츠치미카도 주먹대장. 하지만 호칭으로 남을 놀리는 것은 예나 지금이나 쿠도 아야토의 안 좋은 버릇이다. 간단히 정정되지는 않을 것이다.

"알았어. 가볍게 설명할 테니까, 세 사람은 먼저 로마로 가 줘. 나는 잠깐 백야차를 만나고 올게."

"백야차를?"

"그래. 지난번 우승자에 태양주권의 과반수를 가지고 있던 백야차는 이번 게임의 최고고문 중 하나. 게임의 구성과도 관련되어 있을 테니까."

백야왕은 게임의 승리조건에 간섭할 수 있는 입장에 있다. 그것을 감안했을 터.

"알았어. 설명을 듣고 로마로 갈게."

고개를 끄덕인 네 사람은 방금 전까지의 흐름을 돌아보기로 했다.

*

"자, 아까 아베노 세이메이에게 얻은 힌트는 세 가지.

①로마에서 일대 이벤트가 열린다.
②몇 년마다 열리면 세계가 혼란스러워진다.
③누군가가 죽어야만 시작된다.

…이 힌트 중에서 가장 중요한 건 힌트②야. '세계가 혼란스러워지는 규모'와 '빈도에 따라서 세계가 혼란스러워진다'라는두 가지가 내포되었으니까. 적어도 연속으로 일어날 경우에는손 놓고 기뻐할 일이 아니라는 소리야."

"이자요이 군은 거기서 힌트③을 연상한 거네."

아스카의 말에 수긍하는 이자요이.

"로마의 일대 이벤트이며. 누군가가 죽어야만 시작하는 이벤트. 거기서 도출되는 답은 하나. 로마에서는 이제 곧 콘클라베가 열릴 거야."

"…콩쿨?"

"……라벨?"

그 말 할 줄 알았다며 쓴웃음을 짓고 아스카와 츠치미카도를보는 이자요이.

"아야토 아가씨. 너라면 콘클라베가 뭔지 알지 않을까?"

"당연합니다. 로마 교회에서 새 교황을 선출하는… 교황선거 말이지요?"

교황선거, 콘클라베는 바티칸 시국에서 추기경들이 다음 세대의 교황을 뽑는 선거를 말한다.

새로운 교황을 선출하기 위해서 추기경들이 회의를 하고, 3분의 2 이상의 득표로 교황이 선출되었을 경우에 한해서 새 교황이 탄생한다.

하지만 거기까지 말한 아야토는 의아한 눈치로 고개를 갸웃거렸다.

"하지만 그건 이상하네요. 교황은 기본적으로 **종신제**로 정해져 있습니다. 콘클라베는 누가 열려고 한다고 열 수 있는 게 아닙니다."

"꼭 그런 것만도 아니지 않을까? 현 교황인 레오 21세가 생전 퇴위를 생각하는 것도 가능하지."

츠치미카도의 발언에 정색하는 아야토.

교황의 생전퇴위 정도 되면 정말로 일대 이벤트다. 전 세계의 교인에게 알리기 위해 여러 보도가 이루어지기 때문에, 비밀리에 진행하는 건 불가능할 것이다.

"이자요이 씨에게는 미안합니다만, 생전퇴위의 소문은 전혀 듣지 못했습니다. 그런 이야기가 하루아침에 결정된다고는 생각할 수 없고⋯."

"당연하지. 그러니까 이번 콘클라베는 돌발적으로 정해져."

"도, 돌발적으로?"

"콘클라베가?"

두 사람은 서로의 얼굴을 보며 고개를 갸웃거렸다.

이자요이는 긴박한 얼굴로 저 먼 곳에 있는 로마 쪽을 바라보았다.

"그래. 그리고 승리조건인 '왕관'과 '역사의 전환기'라는 말. 상황을 미루어 이건 삼중관을 말하겠지. 그리고 아마도⋯."

이자요이는 일단 말을 끊었다. 지금부터 하는 말은 차마 말로 꺼내기도 저어될 만한 사건이다. 하지만 여기까지 설명한 이상 두 사람에게는 말해야만 한다.

입가를 누르고 있던 이자요이는 크게 숨을 내쉬면서 천천히 말을 이었다.

"어떠한 이유로, 현 교황은 암살될 거야."

"교, 교황이?!"

"아, 암살입니까?!"

"그래. 그것으로 '역사의 전환기'가 일어나게 된다면⋯ 틀림없어. 제2회전은 교황을 암살한 인간이 승자야."

제 5 장

독일 공립 입자체 연구소 '유미르'.

같은 시각. 별의 반대편, 독일.

1회전을 무사히 살아남은 사이고 호무라는 입자체 연구의 최전선인 '유미르'까지 발을 옮겼다. 알비노 환자인 사이고 나나미와 파라슈라마의 검사를 하는 것이 주된 목적이었지만, 그 외에도 이 연구소에서 확인해야만 하는 일이 많이 있었기 때문이다.

이탈리아의 지진 관측소에 최근의 집계 데이터를 요구하는 것이나 '하늘의 황소'의 잔류입자와 사이고 나나미의 혈중입자, 또한 파라슈라마의 혈중입자의 비교 등, '유미르'를 경유해야만 입수할 수 있는 데이터는 많이 있다.

아틀란티스 대륙에서 입수한 정보가 진실인지 알기 위해서라도, 2회전이 시작되기 전에 최소한 그 정도의 검사는 해야만 한다.

그다음은… 이탈리아의 지진 관측소에 부탁한 자료가 도달하면 바로 움직일 수 있다.

'유라시아 플레이트와 아프리카 플레이트의 수렴경계에 있는 이탈리아도 일본과 마찬가지로 지진대국으로 알려진 나라야. 일본에서 자료 청구한 지진의 데이터와 대조하기에는 딱 좋은 나라고…. 무엇보다도 그 가설을 검증할 좋은 기회야.'

휴게실에 온 호무라는 촛대로 사용되는 십자가를 가만히 바라보았다.

지진대국 이탈리아에는 수도 로마가 존재한다.

혹시 로마 교황이 이번 사태에 대해 본격적으로 활동한다면, 이번 자료 청구에 어떤 반응을 보일 가능성이 있다.

로마 교황이 사태를 파악하고 있다면, 한달음에 만날 기회를 얻을 수 있다는 소리다.

''유미르' 명의라면 만나는 것도 불가능하지 않지만, 일단 상대가 어떻게 나오는지를 살피고 싶어. 교황청에서 어떤 반응도 없었을 경우, 메디치 가문을 찾는 걸 우선해야지.'

사실은 아틀란티스 대륙에서 만난 '삼중관' T셔츠 차림의 여자에게 이야기를 듣고 싶지만, 그녀는 대륙에서의 탈출과 동시에 행방을 감추었다.

아무래도 메디치 가문도 그리 쉽게 만나 주지 않을 모양이다.

'그렇다면 남은 건… 또 한 명의 중요 참고인에게 이야기를 들을 수밖에 없나. 내키지 않는데.'

어깨를 축 늘어뜨렸다.

그 인물이 모형정원의 관계자라는 건 일단 틀림없겠지만, 오늘까지 간접적인 증거밖에 마련할 수 없었다.

그걸로 입을 열 만큼 간단한 인물로는 보이지 않는다.

여기서 그까지 입을 다문다면 몇 수나 헛걸음을 하게 된다.

파국분화까지 15년밖에 없는데, 지금 단계에서 시간낭비를 할 수는 없다.

"마음은 무겁지만 이야기하지 않을 수도 없고… 보통 이 시간이면 휴게실에 있을 텐데…. 그 인간 꽤나 자유로우니까. 어디에 간 거야? 화장실인가?"

"아니, 여기에 있는데?"

갑자기 뒤에서 목소리가 들려와서 호무라는 펄쩍 뛰며 놀랐다.

그리고 말을 건 쪽도 놀랐다.

설마 그런 오버 액션이 돌아올 거라고는 생각하지 않았을 터.

담배의 불을 끄면서 큭큭 웃는 에드워드 그림니르 개발부장은 상정하지 않았던 장난이 잘 통해서 기분 좋은 눈치로 자리에 앉았다.

"미안해. 뭔가 생각하는 분위기라서 말을 거는 게 늦었어."

"아, 아뇨. 공공장소에서 너무 골똘히 생각한 건 사실이니까요."

"맞는 말이군. …그래서, 왜 날 찾았지? 그 소녀들의 검사 결과가 나왔나?"

"그것을 포함해서 보고하고 싶은 일이 두 건 정도 있습니다. 자리를 좀 바꿀까요."

"아니, 여기면 돼. 어차피 다른 직원들은 거의 다 돌아갔으니까. 이 시설 안에 있는 건 나와 너와 나나미, 그리고 칼라와 베저 소장까지 다섯 명뿐이야."

에드워드 개발부장의 눈동자가 기분 나쁘게 일그러졌다.

암암리에 '시설에는 내 손이 닿는 이밖에 없다'고 말하고 싶은 거겠지.

호무라는 등골이 오싹해지는 것을 느꼈지만, 이 정도로 주눅이 들 거면 애초에 이야기하러 오지도 않았다.

이야기를 할 각오를 굳힌 호무라는 일단 사이고 나나미의 검사결과를 보여 주었다.

"이번에 발견된 새로운 피험자인 사이고 나나미 말입니다만, 그녀의 혈중입자를 조사해서 입자체의 새로운 성질이 판명되었습니다."

"흠. 단적으로 짧게 말해서?"

"피험자의 체질에 따라 변화한 입자체는 개인의 자질에 따라 크게 변화한다는 점입니다. 혈액형 같은 것을 상상하면 알기 쉬우리라 생각합니다."

호무라가 자료를 석 장 정도 테이블 위에 펼치자, 에드워드 개발부장도 흥미로운 듯이 들여다보았다.

"이쪽을 봐 주세요. 첫 번째 것이 원전(오리진) 입자. 두 번째 것이 사이고 나나미 입자. 세 번째 것이 파라슈라마 입자입니다. 각각을 입자 I, II, III형이라고 가칭하겠습니다."

"흠. 계속해 봐."

"원전인 입자 I형은 어떠한 인간의 피에도 적합하는 것과 달리 입자 II, III형은 형질이 적합한 인간의 체내에서밖에 활동하지 않습니다. 오히려 이물질로 입자의 가속을 방해하는 원인이 됩니다."

여기서 에드워드 개발부장은 한차례 호무라의 말을 곱씹듯이 침묵하였다.

5분 정도 보고서와 눈씨름을 벌이던 그는 원전인 입자체의 보고서를 두드리며 험악한 얼굴을 하였다.

"아무래도 좋은 보고는 아닌 모양이군…. 몇 가지 확인하고 싶은 사항이 있다."

"예."

"입자 I형과 입자 II형을 혼합시켰을 경우, 입자 I형은 입자 Ⅱ형으로 변질된다고 보면 틀림없나?"

"예. 부장님 말씀이 맞습니다."

"그리고 입자 Ⅱ형과 입자 Ⅲ형은 호환성을 잃는다… 아니, 호환성을 잃을 뿐이면 차라리 낫지. 성진입자체가 가진 만능성을 잃고, 한 가지 기능을 살리기 위해 특화형으로 변한다… 라는 해석이면 되나?"

"예, 그렇습니다."

에드워드 개발부장은 뒷머리를 긁적이며 '이거 큰일이군' 하고 중얼거린 뒤 항복이라는 기색으로 다리를 꼬았다. 즉 처음부터 입자체 연구에는 절대적으로 필요한 마스터피스가 되는 인간이 존재한다는 소리다.

"여태까지는 '태아에서 성장한 입자체 피험자라면 원전과 같은 입자체를 양산할 수 있다'라는 가설이 있었던 것과 달리, '태아에서 성장한 **특별한** 피험자만이 원전과 같은 입자체를 양산할 수 있다'라는 가설로 변경되나… 음, 이거 큰일이군! 정말로 큰일이야!"

"같은 의견입니다. 입자체 연구를 진행하려면 원전을 만들 수 있는 피험자가 필요불가결하다고 할 수밖에 없습니다. 바로 찾아낼 필요가 있습니다."

호무라는 뻔뻔한 태도를 보이면서 다음 수를 찾았다.

비장의 카드를 손에 든 것은 다름 아닌 호무라 쪽이기 때문이다.

원전을 체내에 가진 특이체질의 소년… 사카마키 이자요이와 사이고 호무라만이 이 입자체 연구를 진행시킬 힘을 숨기고 있다.

그 비장의 카드를 어느 타이밍에 뽑아 들지 호무라는 찾고 있다.

"원전을 만들어 내는 자라… 녀석이 이 연구소에 오는 것은 더 미루고 싶었는데, 그렇게 말할 수도 없나."

"예?"

"사카마키 이자요이 말이다. 녀석은 머리가 너무 좋아. 가능하다면 이 연구소에서 멀리 떼어 놓고 싶었지. …여기에는 모형정원의 지인도 있고."

순간 호무라는 온몸의 털이 곤두서는 듯한 착각에 빠졌다.

외통수로 몰아가려는 호무라의 의도를 재빨리 파악한 에드워드 개발부장은 몰리기 전에 먼저 행동에 나섰다. 에드워드 개발부장은 뱀처럼 빛나는 눈빛으로 호무라를 바라보면서 담배 연기를 뻐끔뻐끔 내뱉었다.

"이렇게 된 이상, 숨기고 있을 메리트도 없지. 우리는 사카마키 이자요이가 몇 안 되는 귀중한 피험자라는 걸 인식하고 있었다. 하지만 실태는 달랐군. 사카마키 이자요이는 유일무이한 피험자였으니까. 그 유일성의 메커니즘이 판명될 때까지 휴전하도록 할까.”

“큭…. 그럼 역시 당신이 ‘우로보로스’의 내통자…!!”

“그건 반은 맞고 반은 틀리지. 놈들과 통하고 있다는 건 맞아. 또 ‘우로보로스’의 최고 지휘자들은 사태를 가만히 지켜봐야 하는 것 아니냐는 의견으로 바뀌기 시작했다.”

예상 밖의 반응에 호무라는 몸이 굳었다.

하지만 원전을 만들어 낼 수 있는 피험자가 사카마키 이자요이밖에 없다는 게 판명된 지금, 다른 세력은 사카마키 이자요이를 포획하든가 호무라의 연구에 진전이 있기를 기다리든가 둘 중 하나를 결단해야만 한다.

그리고 ‘우로보로스’는 계속해서 무도한 행동을 취했지만, 그런 행동은 모두 인간을 구하는 것을 표방하기 때문이라는 이야기도 들었다.

“‘우로보로스’가 어떤 조직인지는 언젠가 알 날이 온다. 그것의 최고 지휘자들은 확실한 야망이 있는 게 아니다. 야망이 있는 것은 그 힘을 이용하려는 자들뿐이지. …예를 들어 나 같은 녀석들.”

장난스럽게 웃는 에드워드 개발부장. ‘우로보로스’의 속사정에 대해 말한 것은 호무라의 신뢰를 얻기 위해서일 것이다.

이미 해를 끼칠 마음은 없는 모양이지만, 그렇다고 방심해도 되는 상대가 아니다.

호무라는 마음을 다잡고 이야기를 이었다.

"에드워드 씨. 실은 저는 에드워드 씨가 안내역 중 하나라고 생각했습니다."

"안내역? 내가? …하하, 설마. 내가 주권전쟁과 관련되는 건 3회전부터야. 2회전의 안내역이라면 이제 곧 여기에 나타날걸."

"어?"

얼빠진 소리를 내는 호무라.

손님이 왔다는 소리가 울린 것은 바로 그때였다.

정면 현관에서 똑바로 이쪽으로 향하는 두 개의 발소리.

하지만 밖은 이미 해가 기울기 시작했고, 손님이 올 예정은 없었다. 누가 왔나 싶어서 긴장하는 호무라… 하지만 나타난 두 사람은 의외의 인물.

'삼중관' T셔츠와 겉옷을 입은 소녀, 미샤였다.

"안녕, 호무라 군! 아틀란티스 대륙에서는 이야기할 기회가 별로 없어서 미안해! 자기소개는 필요할까?"

"어… 저기, 분명히 미샤 씨였던가요?"

"아하하. 그거 가명이지만, 일단 미샤면 돼. 본명을 아는 상대는 가족 외에 이 녀석밖에 없고."

엄지로 뒤에 있는 사람을 가리키는 미샤.

따라온 소년은 말없이 앞으로 나서서 호무라에게 악수를 청했다.

"잘 부탁해. '퀸 핼러윈'에게서 너와 미샤의 호위를 명령받은 콘라다. 수수께끼 풀이에는 참가할 수 없지만, 완력에는 자신이 있지."

"여, 여왕이…. 그렇다면 당신들도 나와 같은 세력입니까?"

"절반은 맞다고만 말할게. 우리의 출자자 중 하나가 여왕일 뿐인 관계야. 2회전은 협력관계를 맺기로 이미 이야기가 되어 있는 모양이니까, 우리에게 거부권은 없어. 뭐, 편하게 가자. 나중에 아야토랑도 합류하겠고. 아, 그리고 경어는 그만둬. 난 딱딱한 거 싫거든."

콘라와 교대하듯이 미샤가 호무라와 악수를 나누고 연이어서 말을 쏟아 냈다. 호무라는 갑작스러운 인사에 얼떨떨해졌지만, 문득 중요한 사실을 떠올렸다.

"동료가 되어 주는 건 든든하지만, 너희는 참가자지 안내역이 아니잖아?"

"그래, 바로 그 점이 문제야. 사실은 WHO에서 안내역도 데려올 예정이었는데, 그 사람이 로마를 떠날 수 없어져서. 갑자기 2회전의 안내역이 변경되었어."

"뭐?"

그렇게 말하는 에드워드 개발부장의 안색이 변하였다.

지금 이 자리에서 안내역의 대행이 가능한 인간은 한정된다.

안 좋은 예감이 든 에드워드 개발부장은 즉각 자리에서 일어났지만, 미샤는 그를 놓치지 않으려고 목덜미를 붙잡았다.

"예이예이, 도망치지 마세요, 에드워드 씨. 당신은 우리에게 큰 빚이 있을 겁니다. 게다가 이번에는 주권전쟁을 전담하는 운영위원회의 칙명. 도망칠 수 없습니다."

"…칫. 이래서 너희 메디치 가문에게 빚을 지기 싫다고."

"어머, 오히려 영광으로 생각해 주세요. 우리 메디치 가문은 인간의 힘으로 세계를 구하는 것이 명제니까요."

메디치 가문. 그 이름이 나온 순간, 호무라는 불끈 주먹을 움켜쥐었다.

역시 그의 추측은 틀리지 않았다.

표면적으로는 끊긴 것처럼 위장해 보이면서, 메디치 가문은 여러 개발자에게 지원을 해 왔다고 한다.

세계에서 손꼽히는 대부호의 혈통은 지금도 계속 이어져서 이 세계의 궁지와 맞섰던 것이다.

"자, 호무라 군. 메디치 가문은 너를 입자체 연구의 마지막 희망으로 인정했다. 이 의미는 알겠지?"

"앞으로의 계획에 필요한 원조는 모두 메디치 가문이 지원한다… 그런 겁니까?"

"자금만이 아냐. 환경제어탑의 건설계획 등, 모든 사업에 관한 정보가 당신의 수중에 모일 거야. 세계를 구하기 위해 필요한 물자, 시설, 정보가 있다면 그 모든 것을 메디치 가문이 모아 줄 거야."

압도적인 지원을 제시하는 바람에 호무라는 살짝 겁을 먹었다.

그야말로 압권이라고밖에 할 수 없다. 메디치 가문이 마음먹고 지원하러 나선 이상, 자금 쪽으로는 불안하게 여길 것이 없을 터.

"다만 우리가 지원을 개시하기 전에…."

"태양주권전쟁의 제2회전을 돌파해라, 그런 거로군요?"

"YES♪"

엄지를 세우며 호무라의 말을 긍정하는 미샤.

"알겠습니다. 옆에서 들어 보니 다음 무대는 로마인 모양이로군요?"

"그래. 로마에서는 곧 콘클라베… 아, 콘클라베 알아?"

"그야 알지요. 로마 교회가 여는 교황선거 말이죠? 하지만… 어라?"

문득 호무라는 불온한 기운을 감지했다.

그도 교황은 종신제라는 것을 깨달았을 것이다.

그 틈을 놓치지 않고 에드워드 개발부장은 기분 나쁜 미소를 띠었다.

"암살이야. 현 교황은 암살되어야만 한다. 그것이 이번 승리 조건 중 하나다."

에드워드 개발부장의 발언에 전원이 귀를 의심했다.

의욕 없이 소파에 앉아 있던 에드워드 개발부장은 아주 당연하다는 듯이 말을 이었다.

"이제 와서 무슨 소린가 했는데, 아직 깨닫지 못했나. 이번의 왕관이란 삼중관을 말하고, 교황을 가리킨다."

"아니… 그, 그러면 현 교황은 주권전쟁을 위해 암살된다는 겁니까?!"

"그건 아냐. 현 교황이 암살되는 것은 '역사의 전환기', 즉 수렴점 중 하나다. 그것도 아주 거대한 수렴점 중 하나겠지. 이 흐름을 바꾸면 15년 뒤에 세계를 구한다는 사업에도 지장이 나올 정도로."

"화, 환경제어탑 계획에도 지장이 있다는 거야?!"

미샤도 참다 못해 거칠게 말했다.

일행의 혼란은 여기서 극에 달했다.

현 교황을 암살하면 전 세계에 존재하는 신도들은 큰 혼란에 빠질 것이다.

전 세계에 10억 이상이나 존재하는 신도들을 불안하게 만들면, 세계를 구하고 자시고 할 상황이 아니게 된다.

"글쎄? 어쩌면 콘클라베 그 자체에 어떠한 의미가 있을지도 모르지?"

"콘클라베 그 자체에?"

"그래. 혹은 현 교황이 입자체 연구를 반대하는 뜻을 가졌을 가능성도 생각할 수 있지. 이 경우 현 교황이 교황의 자리에 있는 한, 교회는 입자체 연구의 지지를 표명할 수 없다는 소리가 돼. 교황의 권위를 빌리려는 네 시나리오도 날아간다. 아니, 그 정도가 아니라…."

뭔가 깨달은 에드워드 개발부장은 씁쓸한 얼굴로 입가를 눌렀다.

"어쩌면… 현 교황은 입자체 연구의 인체실험에 대해 뭔가 알아 버렸을지도."

"……!!!"

에드워드 개발부장의 고찰에 호무라와 미샤는 엄지손톱을 깨무는 모습으로 긍정했다. 그것은 충분히 가능한 이야기다.

로마는 지진대국 이탈리아의 수도. 이탈리아 당국이 장래에 일어날 파국분화에 대해 어떤 중요한 정보를 입수했을 가능성은 충분히 생각할 수 있다.

과거에 현 교황에게 협력을 요청한 조직이 존재했고, 그때 교황의 분노를 샀을지도 모른다.

그렇다면 지금의 교황은 입자체 연구에 커다란 걸림돌에 불과하다.

입자체 연구를 진행하는 데에 필요한 '역사의 전환기'가 충분히 될 수 있다.

"…호무라 군. 너는 어쩌고 싶어?"

"나, 나?"

"그래. 우리는 이번에 널 도우라는 명령을 받았어. 즉 최종판단은 네가 해야만 해."

"이하동문. 창을 휘두르는 재주밖에 없는 나한테는 어려운 문제야."

바통을 넘겨 받은 호무라는 곤혹스러워졌다.

'역사의 전환기'란 인류사에서의 수렴점. 일어나야 해서 일어나는 운명 같은 것. 앞으로의 입자체 연구와 인류의 파멸을 회피하기 위해, 교황의 교체는 효과적인 수단일지도 모른다.

하지만 그건… 그건 사이고 호무라가 내세운 이념과 반하는 것이 아닐까.

아버지 사이고 토우야가 목표로 한 이상향. 이상적인 세계의 모습.

아버지가 쓴 논문, 그 성실함을 믿은 형을 믿는다고 말했던 그날부터 호무라의 마음은 전혀 변하지 않았다.

그럼 해야 할 일은 하나뿐이다.

"…미샤, 콘라."

"응."

"뭐지?"

"아야토와 합류하는 대로 우리도 로마로 가자. 그리고… 현 교황의 암살을 저지한다!"

'역사의 전환기'를 이유로 사람을 죽여선 안 된다.

그 결단을 지지하듯이 엄지를 세우는 미샤와 어깨를 으쓱일 뿐인 콘라.

그리고 여태까지 귀찮다는 듯이 소파에 앉아 있던 에드워드 개발부장은 역시나 기분 나쁜 미소를 띠며 호무라에게 물었다.

"모순이로군, 사이고 호무라. 교황의 조력은 입자체 연구에 필요불가결하다고 너 자신이 결론을 내놓지 않았나? 그런데 네 손으로 그걸 뒤집는 건가?"

"말대답 같습니다만, 저는 여태까지의 행동이념에 따라 행동할 뿐입니다. 기술의 지연은 시설 강화로 보완할 수 있고, 부족한 지혜는 사람의 숫자로 메울 수 있다. ⋯그리고 많은 이의 이해를 얻기 위해서는 노력과 성실함으로 싸울 수밖에 없다. 근대의 연구자는 세계 평화를 위해 자타공영의 길을 걷는 것이 중요하다고 믿고 있습니다."

인체실험으로 사라진 목숨도, 시간을 단축하기 위해 사라진 목숨도, 모두 동등한 생명의 가치가 있다고 믿고 있다.

"현 교황이 혹시 입자체 연구를 반대하는 자세라면, 그건 제가 설득하겠습니다. '역사의 전환기'를 '교황의 암살'에서 '교황의 설득'으로 바꾸겠습니다. 그걸 위해서라도 저는 로마에 가야만 합니다⋯!!"

에드워드 개발부장은 눈을 가늘게 뜨며 웃음을 짓더니 마지막에 이렇게 물었다.

"…그건 과학자로서의 결의인가?"

"아뇨. 인간으로서, 그리고 나 자신의 긍지를 위한 행동입니다."

"그래. …음, 그랬지. 너는 그런 녀석이었어."

큭큭 웃음소리를 흘리며 일어선 에드워드 개발부장은 그들을 안내하듯이 걸어갔다.

"좋아. 조금 흥이 돋는군. 로마로 가는 물길 안내, 이 에드워드 그림니르가 맡도록 하지."

"OK! 이걸로 카드는 다 모였네! 로마 교황의 경비에 임하자!"

에드워드 개발부장을 뒤따르는 형태로 호무라, 미샤, 콘라는 로마로 향했다.

태양주권전쟁 제2회전은 시시각각 다가오고 있었다.

라스트
엠브리오
Last Embryo

에필로그

정령열차, 상기(想起)의 방.

어쩐 일로, 정말로 어쩐 일로 백야왕은 별을 보고 있었다.

별을 읽어서 운명을 관측하는 것은 그녀에게 별 의미를 갖지 않는다. 성령의 상급종인 그녀에게 별하늘은 자기 자신의 거울 같은 것.

고로 백야왕이 별을 본들 올바르게 운명을 관측하는 것은 불가능할 것이다.

오늘 밤에 별을 구경하는 것은 아득한 저 너머의 세계… 바깥세계에서 일어나는 주권전쟁을 생각하기 때문이다.

'…제2회전이 시작된다. 그리고 이 제2회전의 결과에 따라서 모형정원과 바깥세계의 관계성을 다시 생각해야만 할지도 모르지.'

상호관측자로서 서로를 보완해 온 모형정원과 바깥세계.

모형정원에 도시가 만들어졌을 때부터 계속 그 관계를 지켜 봐 온 백야왕이지만, 그 부조리한 관계에 분노를 느낀 적도 적 지 않다.

인류의 멸망과 모형정원의 멸망.

상호관측자이자 운명공동체인 양자의 관계성을 잘라 내는 방법은 아마도 하나밖에 없다.

'주권전쟁이 시작된 지금이니까 가능한 수단. 제석천이나 여 왕은 반대하겠지만, 나는 이미 인류라는 연약한 종족에게 모형 정원이 휘둘리는 것을 보고 싶지 않다.'

모형정원에서 삶을 꾸리는 인류는 백야왕에게 사랑스러운 비호(庇護)의 대상이다.

하지만 모형정원 밖에서 생활하는 인류까지 비호할 의리를 그녀는 느끼지 않는다. 그것은 마왕 아지 다카하를 영원히 봉 인하려고 했을 때부터 변함없는 그녀의 본심이다.

사랑하는 세계가 계속되어 준다면, 이 몸이 어떻게 되든 관 계없다. 하지만 모형정원과 바깥세계의 관계는 백야왕 혼자의 힘으로 어떻게 할 수 있는 게 아니다.

'중요한 것은 인류의 존속이 아니다. **상호관측자의** 존속이 다. 그렇다면 방법은 있지. 이 기회를 놓치면 모형정원을 영원 한 도시로 만든다는 내 소망으로 가는 길은 막히고 말겠지.'

과거에 마왕으로 날뛰던 때에는 모형정원에 사는 이의 마음을 무시하고 밀어붙였다. 하지만 지금은 다르다.

두 세계의 관계성을 모두가 불안하게 느끼는 지금이야말로, 성령의 상위종인 백야왕이 움직여야만 한다.

'이자요이, 아스카, 요우. 적은 많다. '가아이의 막내'가 이끄는 '위그드라실'에, 계속해서 암약하는 '우로보로스'. 그리고 '살인종의 왕'. 수면 밑에서 계속 활동하는 '아바타라'는 활동 이유를 다 파악하지도 못한 상태. 이 모든 것을 뛰어넘지 못하면 나는 지금의 바깥세계와 모형정원의 관계성을 뒤바꾸는 길을 택할 것이다.'

지난번 우승자인 백야왕은 주권전쟁에 참가하는 게 아니지만, 그녀에게도 출자자로서 힘을 빌리는 커뮤니티는 존재한다.

그 커뮤니티가 우승하게 된다면 백야왕은 주저없이 지금의 모형정원과 바깥세계에 변혁을 일으킬 것이다.

"…심판의 날은 착착 다가오고 있다. 모든 것을 걸고 달리도록 해라, 최신의 영걸들이여."

은발이 살짝 검게 물들었다.

'저물지 않는 태양의 화신'인 그녀의 머리카락이 칠흑으로 물드는 의미.

이자요이 일행이 그 의미를 아는 날이야말로… 태양주권전쟁의 진짜 의미를 알게 되는 때일 것이다.

8권 끝

◈작가 후기◈

갑작스럽습니다만, 쓰러져서 병원 신세를 졌습니다.

일이 좀 있어서 심신 모두 노 라이프 포인트, Twitter에서 장난치는 게 한계인 나날을 맞았습니다.

원고는 작년 10월에 완성하여 스니커 편집부에 제출하였습니다만, 이래저래 묘한 사정이 겹쳐서 1년 이상 기다리시게 했습니다.

으음, 인간관계에서도 Twitter에서도 허세를 부리며 살아왔지만, 아무래도 심신에는 중대한 상처가 계속 생기고 있었던 모양입니다.

이제 젊지 않네, 젠장! 이란 느낌입니다.

가족에게도 출판사에게도 폐를 끼친 것, 이 자리를 빌려 사죄드립니다.

그리고 인생에서 더없을 정도로 위기에 몰렸을 때 문득 생각했습니다.

"이대로 문제아 시리즈를 계속 쓰다간 나는 또 쓰러진다."

라고.

겉으로 드러낼 수 없는 여러 일들이 너무 많이 겹쳐서 여기까지 왔습니다만, 심신 모두 이대로 계속하기 어렵다고 판단을 내렸습니다. 의논한 결과, 본작 『라스트 엠브리오』는 휴재하게 될 듯합니다.

창작 활동은 어떻게든 계속해 가려고 합니다만, 문제아 시리즈와는 일단 거리를 두게 될 듯합니다. 라이트노벨을 쓰는 것은 당분간 어렵다고 생각 중이라 어떻게 될지는 모릅니다만, 이것은 독자 여러분에게 확실히 상황을 전하는 게 좋다고 판단했습니다.

기다리시게 한 끝에 이런 이야기를 해서 죄송합니다.

반년 정도 진지하게 생각했습니다만, 이것 말고는 처방전이 보이지 않았습니다.

언젠가 어느 형태로든 완결을 내자고는 생각합니다만, 그것도 지금은 어떤 형태가 될지는 모릅니다. 제가 말할 수 있는 것은 단 하나뿐입니다.

사카마키 이자요이가 있는 한, 어떠한 형태든지 반드시 이 세계는 구원을 얻는다.

지금은 이게 최선입니다. 언젠가 여러분과 재회할 수 있는
날을 빌고 있습니다.

타츠노코 타로

라스트 엠브리오 [8]
추상(追想)의 문제아

2023년 2월 10일 초판 발행

저자 타츠노코 타로 | **일러스트** 모모코 | **옮긴이** 한신남
발행인 정동훈 | **편집인** 여영아
편집 팀장 황정아 | **편집** 노혜림
발행처 (주)학산문화사 | 서울특별시 동작구 상도로 282 학산빌딩
편집부 02.828.8838(전화), 02.816.6471(팩스) | **영업부** 02.828.8986(전화), 02.828.8890(팩스)
홈페이지 www.haksanpub.co.kr | **등록** 1995년 7월 1일 | **등록번호** 제3-632호

ISBN 979-11-6947-801-4 04830
ISBN 979-11-256-5596-1 (세트)

값 7,000원

밀리언 크라운 5

타츠노코 타로 지음 | 코게차 일러스트

타츠노코 타로가 선사하는
인류 재연(再演)의 이야기, 격진의 제5막!

큐슈에서의 사투를 마치고 왕관종 중 하나인 오오야마츠미노카미를 토벌하는 데 성공한 극동도시국가연합 일행들. 전후 처리를 마친 시노노메 카즈마는 '나츠키와의 데이트 약속'으로 고민하며 휴가를 쓰지만, 쉬기는커녕 연달아 예정이 생기는데?! 귀국한 적복 필두 와다 타츠지로, '최강의 유체조작형'이라 불리기도 하는 왕년의 인류최강전력(밀리언 크라운)과의 대련이 시작되고, 중화대륙연방, EU연합의 갑작스러운 방문과 시대를 뒤흔들 '신형병기' 공개, 그리고 그 끝에서 기다리는 긴장되는 데이트에서…! 여러 가지 이야기가 교차되는 가운데 파란만장한 휴가의 막이 오른다!

(주)학산문화사 발행

신역의 캄피오네스 1

타케즈키 조 지음 | BUNBUN 일러스트

소년은 신도 죽이는 짐승이 된다…!!

일본 최고의 음양사이자 신의 환생을 자처하는 미소녀 토바 리오나는 화가 나 있었다. 새롭게 그녀의 '주인님'이 된 소년 로쿠하라 렌이 너무나도 무능했기 때문이다. 신화 세계와 이어졌으며, 재앙을 가져오는 이공간 '생크추어리'. 렌과 리오나에게 주어진 미션은 신화의 줄거리를 바꾸고, 이세계로 가는 문을 닫는 것이었다. 하지만 렌은 마술계에서 가장 권위 있는 《캄피오네스》에 소속됐으면서도 어떤 힘도 사용하지 못하는 '아마추어'였다…?! "반드시 신화의 줄거리를 바꿔야 한다. 필요하면… 신도 죽여." 신들의 왕 제우스, 여신 아테나, 영웅 아킬레우스…. 신들과 영웅이 뒤섞인 세계에서 신역을 향한 도전이 지금 시작된다!

(주)학산문화사 발행